荊姫と嘘吐きな求愛

宮野美嘉

小学館ルルル文庫

荊《いばら》姫《ひめ》と嘘《うそ》吐《つ》きな求愛
人物紹介
ヴィル
アイリーンの部下となった、王家の蝙蝠。色気のある精悍で整った顔立ちの青年。二十三歳。人の本質を見抜く超直感を持つ。表面上は愛想がいいが、人生に退屈しきった曲者《くせもの》。
アイリーン
ラグランド伯爵令嬢。十八歳。裏家業である『王家の蝙蝠《こうもり》』の優秀なスパイ。長い銀髪にサファイアブルーの瞳をした絶世の美女。気が強く筋金入りの男嫌いで“荊姫《いばらひめ》”とあだ名される。

ラグランド伯爵
アイリーンの祖父。
王家の蝙蝠をまとめる伯
爵家当主。厳格な紳士。
レティナ
アイリーンお嬢様
至上主義の世話係。
ロザリー・クイン
ウィスタン王国王女。
ラグランド伯爵家と王家
を結ぶ役目を担う。
ランディグイル
カルガロ公爵領に潜伏
する蝙蝠。アイリーンの
亡き父の側近だった。
スタン・レイ・
エリントン
カルガロ公爵家子息。
華やかな印象の美青年。
ヴィルの王立学院時代の
友人。
フレドリック
アイリーンの兄。二十三歳。
女性に恋をするたび仕事
が疎《おろそ》かになる困った性格。

目次

イラスト／結賀さとる

荊姫と嘘吐きな求愛

序章

一面の星が煌《きら》めく空の下、ウィスタン王国の東方に位置するテミス伯爵《はくしゃく》の館《やかた》で夜会が開かれている。

思い思いに着飾った貴人達が集《つど》う広間に、一際《ひときわ》目を引く一人の娘がいた。

特別華美《かび》な衣装を纏《まと》っているわけではないのに、誰もが振《ふ》り返らずにはおれない端《たん》麗《れい》な容貌《ようぼう》をした娘である。

珍《めずら》しい銀色の髪をもつその娘に一人の男が言い寄っていた。

館の主《あるじ》であり夜会の主催《しゅさい》者であるテミス伯爵その人である。

四十を超《こ》えたばかりの伯爵は酒が入って、いささか分別をなくしているらしかった。

元々女性にだらしないと知られる伯爵である。遠巻きに見守る者達は、気の毒そうにその光景を眺《なが》めていた。

伯爵は馴《な》れ馴れしく娘の手を取り、グローブの上から撫《な》でまわす。

「珍しく招待に応じたのは、何か目的があったのではないのか？　欲しいものがあるのなら言ってみたまえ。その代わり……今夜は私の部屋へ泊まってもらわねばな」

その言葉を聞き、娘は体を強張《こわば》らせた。伯爵は下卑《げび》た笑みを浮《う》かべて囁《ささや》く。

「荊姫《いばらひめ》などと呼ばれていても可愛《かわい》いものだ。なに、怯《おび》えることはない。女というものは愛らしくさえずって男の機嫌を取っていればいいのだよ」

舌なめずりするように迫《せま》ってくる伯爵はとうとう娘の腰を抱《だ》き、触《ふ》れるほどに顔を近付けた。

次の瞬間、娘はぐるんと体を回して伯爵の腕から逃《のが》れると、目にも留まらぬ速さで腕を振り、その鼻に肘《ひじ》を叩《たた》きこんだ。

彼はふがっと呻《うめ》いてひっくり返る。

娘は続けざまにスカートの中へ手を入れ、素早く引き抜《ぬ》いた鉄塊を伯爵へと向けた。それは一般的《いっぱんてき》に拳銃《けんじゅう》と呼ばれるものであった。

様子を見ていた人々が息を呑《の》み、広間はしんと静まり返る。

鼻血を垂らして見上げる伯爵の股間《こかん》に銃口《じゅうこう》を向け、娘は見る者全《すべ》てを凍《い》てつかせるほど冷たい瞳《ひとみ》で男を見下ろす。

「無能な虫が誰の許可を得て触《さわ》っているの。撃《う》ち落とすわよ」

何を――？　という心の声まで聞こえてきそうなほどの静寂《せいじゃく》。

娘はおもむろに銃を仕舞《しま》うと、左手を軽く腰に当てる。

「傲慢《ごうまん》で頭の悪い男は大嫌いよ。そんな男は地面に埋《う》まって踏《ふ》まれていればいいわ」

そう言い捨てると、娘はきびすを返して出口に向かい歩き出した。

娘の進路にいた者達がいっせいに道をあける。

後ろを振り返ることなく娘は広間から出て行った。

廊下《ろうか》を闊歩《かっぽ》していると、後ろからぱたぱたと足音をさせて後を追ってきた者がいた。

「お姉様！」

必死の呼び声に娘は足を止めた。振り返ると、一人の少女が駆《か》けてくる。

「ごめんなさい、お姉様……お父様がなんて失礼なことを……」

テミス伯爵令嬢《れいじょう》は泣きそうな顔でうつむいた。

「お姉様に対して不埒《ふらち》なことをしようとするなんて……。本当にごめんなさい。私が望まない結婚をさせられそうになっていると、お姉様に相談してしまったから……だからお姉様は、お父様を説得してくれようとしたのでは？」

胸の前で両手を握《にぎ》り合わせ、涙を零《こぼ》しながら聞いてくる令嬢を見つめ、銀色の髪の娘は冷然とした表情をふわりとほころばせた。

それは極寒《ごっかん》の冬が麗《うら》らかな春に一瞬で移り変わったかのような変化だった。

「泣かないで」

優しくそう言うと娘は白いレースのグローブを取り、指先で令嬢の涙をぬぐう。

「あなたのような女の子が悲しむ縁談《えんだん》などあっていいはずがないわ。けど……ごめんなさい。私では力になってあげられなかった」

娘は憂《うれ》いげに瞳を伏《ふ》せる。令嬢はふるふると首を振った。

「いいえ、そのお気持ちだけで十分だわ。それに、お姉様は私の悩《なや》みを嫌《いや》な顔一つしないで何でも親身になって聞いて下さったもの。私がどんなに嬉《うれ》しかったか……」

泣き顔を無理矢理笑顔に変えてみせた令嬢を見つめ、銀色の髪の娘は彼女に身を寄せるとその白い頰《ほお》に軽く口付けた。

令嬢は一瞬《いっしゅん》ぽかんとし、たちまち真《ま》っ赤《か》になって頰を押さえた。

娘はそんな彼女に優しく微笑《ほほえ》みかける。

「あなたはきっと幸せになれるわ。あなたみたいに素敵な女の子が幸せになれないのだとしたら、それは世界の方が間違《まちが》っているのよ。だから心配しなくて大丈夫《だいじょうぶ》」

力強く言われ、令嬢はわけも分からないままこくりとうなずいた。

銀色の髪の娘は笑みを一つ残し、令嬢を置いてその場を立ち去る。

令嬢は魅《み》せられたかのように、その後ろ姿をいつまでも見つめていた。

銀色の髪の娘は脇目《わきめ》もふらずに館の中を歩き、屋外へ出て馬車乗り場まで行くと、自分の馬車の戸を開けて飛び乗った。

「お早いお帰りで、お嬢様《じょうさま》」

馬車で待っていた使用人の女性が驚いたようにまばたきする。

娘は座席にどさりと座り、深々とため息をついた。

「……どうなさいました？　何かありましたか？」

心配そうに聞かれ、娘は遠い目をする。

「やってしまった」

「……もしや、女癖が悪いと噂《うわさ》のテミス伯爵を半殺しにでも……」

使用人は血相を変えた。

「半殺しにはしていない。ただ、我慢《がまん》出来なくて……鼻の骨を折ってしまったわ」

「ああ、なんだ。そんなのいつものことではありませんか。男の鼻の骨を折る？　完全に荊姫の許容範囲《はんい》です。大丈夫、大丈夫。何の問題もありません」

ほっとしたような笑顔で言われ、娘は肩をすくめた。

「まあ、この館での情報収集はすでに終わっているのだから、この先ここへ招待されることがなかったとしても問題はないわ。伯爵令嬢はたいそう素直で、何でも包み隠さず話してくれたもの。父親の不正に関することも全て――」

ふっと小さく笑った娘に、使用人は含《ふく》みのある笑みを返す。

「さすがはお嬢様。相手が女性となれば無敵ですね。集めた情報を裏付ける証拠《しょうこ》もすでに揃《そろ》えたと報告が入りましたから、これで万事《ばんじ》解決です」

その言葉に満足そうにうなずき、娘は視線を上げる。

「そうね、これで仕事は終わったわ。領地へ戻《もど》りましょう」

「はい、お嬢様。『王家の蝙蝠《こうもり》』としてのお勤め、お疲れ様でした」


ウィスタン王国には蝙蝠がいる。

あらゆる場所に潜《ひそ》み、耳を澄《す》まし、王家の敵を探《さぐ》りだす蝙蝠が――

第一章　お嬢様は下僕《げぼく》と出会う

一台の馬車が田園地帯を貫《つらぬ》く広い通りを駆け抜けてゆく。たどり着いた先にあるのは巨大《きよだい》な門扉《もんぴ》だ。ウィスタン王国の貴族、ラグランド伯爵家が有する館の門扉である。

門の内側に広がるのは新緑の季節に相応《ふさわ》しい涼しげな庭園。車体を揺《ゆ》らしながら小道を通り、馬車は庭園の奥に建てられた大きな館の前で停車した。

御者台《ぎよしや》から降りた中年の御者が恭《うやうや》しい手つきで馬車の戸を開ける。車輪の音を聞きつけて、出迎《でむか》えのために館の中から数名の使用人が現れ頭《こうべ》を垂れた。

微《かす》かに車体の軋《きし》む音を立ててひらりと馬車から降り立ったのは、若い娘である。

百人いれば百人が美しいと判断するであろう美貌《びぼう》の娘だ。

縞《しま》模様の上質な絹で仕立てられた薄手《うすで》の外出着の裾《すそ》が風に揺れる。すらりと長い手足に折れそうなほど細い腰。背丈《せたけ》は平均的な女性と大差ないが、真《ま》っ直《す》ぐに伸びた背筋が不思議と彼女の背を高く見せている。いかにも上流階級に相応しい身なりの娘だが、表情に年頃の少女らしい柔らかさはない。

宝玉のようなサファイアブルーの瞳は強い意志をもって鋭く前を見据《みす》え、ふっくらとしたストロベリーピンクの唇はきりりと引き結ばれている。肌理《きめ》の細かい白い肌は生命力に溢《あふ》れて輝き、豊かな環境《かんきょう》でおっとりと育てられた深窓の令嬢とは違《ちが》う、武人のような強さが見て取れた。

その時一陣《いちじん》の風が吹き、光を受けて銀色に輝く髪を揺らした。娘は目を細めて髪を押さえ、頭を下げている使用人達に目を向ける。

「お帰りなさいませ、アイリーンお嬢様」

使用人達は声を揃えてそう言った。

娘の名はアイリーン・ラグランド。歳《とし》は十八。このラグランド伯爵家の、当主の孫娘である。彼女は靴《くつ》の踵《かかと》でカツンと石畳《いしだたみ》を鳴らし、館の中へと足を進めた。

仕事を終えて帰ってきたばかりのアイリーンは、毛足の短い絨毯《じゅうたん》が敷《し》きつめられた長い廊下を歩いて館の奥へと向かった。

歩きながら肩の力を抜くように深呼吸をする。ずっとはめていた手袋を無造作に取り去ると、すぐ後ろを歩いていた使用人のレティナが手早くそれを受け取り、そっと顔を寄せてきた。

「お嬢様、お耳に入れておきたいことが……」

「何？」

アイリーンは足を止めることなく自室へと向かって歩きながら、短く問い返す。

レティナは一瞬言いよどみ、ぐっと体に力を入れて耳打ちしてきた。

「……兄上様がまたやらかしました」

その途端《とたん》、アイリーンはがくんと足取りを崩《くず》して立ち止まった。しばしその姿勢で固まり、ゆっくりと高い天井《てんじよう》を見上げる。そのまま目を閉じて黙考《もつこう》すると、諦《あきら》めにも似た心地《ここち》で深く長い息を吐《は》いた。

「………どこに？」

「どこに……とは？」

レティナはアイリーンの低く響《ひび》かせた声にたじろいだ様子で聞き返してくる。

アイリーンは据《す》わった目で忠実な使用人を見返した。

「あの馬鹿《ばか》は……お兄様は今どこに？」

「……お部屋にいらっしゃるかと」

それを聞くが早いか、アイリーンはさっきまでの倍の速さで再び廊下を歩き出した。

階段を上がり、二階の端まで来ると、アイリーンは部屋の扉《とびら》を遠慮《えんりょ》なく開け放った。

「お兄様！」

美麗《びれい》ながらも鋭い声が部屋の空気を震《ふる》わせる。

紫檀《したん》製の上品な家具が揃えられた広い部屋の片隅《かたすみ》にそれはいた。

家具の間に挟《はさ》まり、膝《ひざ》を抱《かか》えて丸まっている大の男。アイリーンより五つ年上の兄であり、ラグランド伯爵《はくしゃく》家の次期当主――フレドリック・ラグランドである。

妹の声を聞いてフレドリックは顔を上げた。普段ならば女性を虜《とりこ》にする美青年であるはずの兄は、妹を見るなり表情を歪《ゆが》め、ひいっと声を上げて立ち上がった。そして何を思ったかすぐ近くにある窓を開け、飛び下りようとする。

アイリーンは素早く近付くと、兄の首を後ろからがしっとつかんだ。ついでにぎりぎりと首の急所に親指をめり込ませる。

「ぎゃあああああ!!」

兄は悲鳴を上げてすっ転んだ。足元に転がる兄を見下ろし、アイリーンはにこやかに笑いかける。

「いけないわ、お兄様。こんな所から飛び下りたら危ないじゃないの。きちんと話し合いましょうよ。さあ、座って」

兄曰《いわ》く、見るだけでぞっと背筋が凍《こお》る笑み——を浮《う》かべたまま、アイリーンは近くにある蔦《つた》模様の刺繡《ししゅう》が入ったビロードのソファに腰かけ、軽く足を組んだ。

するとはその斜《なな》め向かいに置かれていたそろいのソファ——ではなく、何故《なぜ》かアイリーンの真正面の絨毯に正座した。

「今度はいったい何をしたの」

「まあ……話せば長いんだが……」

気まずそうに視線を落とし、フレドリックは話し始めた。

その話を全て聞き終えると、アイリーンは肘掛《ひじか》けに肘を置いて頰杖《ほおづえ》をつく。

「つまり——一目惚《ひとめぼ》れした女の子の父親が病気で困っていたから、その治療《ちりょう》費を肩《かた》代《が》わりしてやったら、その直後連絡が取れなくなった——ということ？」

「……う、うん。まあ……ざっくり言ってしまうとそんな感じだな」

「つまり——女に騙《だま》されて金を巻き上げられた——ということ？」

「……まあ……男女の関《かか》わりには色々な形があるということだな」

明後日《あさって》の方に目を逸《そ》らしたままそんなことを言う兄をじっと見下ろし、アイリーンはぴんときた。

「お兄様……もしかして、自分が騙されていると分かっていて金を出した？」

さっきよりも温度の低い声が唇から放たれる。

「ぎく！」

と兄の口から零《こぼ》れた擬音《ぎおん》を聞き、アイリーンの目付きが剣呑《けんのん》なものになった。

「……お兄様……私達が——ラグランド伯爵家が——何を生業《なりわい》にしているか分かっているのかしら？　そんな馬鹿なことばかり繰《く》り返していたら、いつか本当に騙されて取り返しのつかないことになってしまうかもしれないという危機感を、何故持つことが出来ないの？」

「だが、騙される経験を積むことで見えてくる世界もあるんじゃないだろうか？　そういう意味において、僕は他の者達より革新的な思想を持っているということになるはずだ。そうに違いない。これからはもっと斬新《ざんしん》な発想で仕事をこなしていくことも必要なんじゃないか？」

一見中身があるようで、その実すっからかんな発言をし、フレドリックは一人納得《なっとく》するように頷《うなず》いている。

アイリーンは格子状に区切られたガラス窓に目を向け、麗《うら》らかな空をぼんやりと眺《なが》めた。

「……お兄様のお気持ちはよく分かったわ。分かった上で私が言って差し上げられることは一つしかないと思うの」

そこでアイリーンは鋭い瞳《ひとみ》を兄に向け、優雅《ゆうが》な所作で立ち上がった。フレドリックはきょとんとした顔で首をかしげる。

「お兄様――歯を食いしばれ」

言葉とは裏腹な優しい声でそう告げると、アイリーンは兄に向かって一歩足を踏《ふ》み出し、ぐっと拳《こぶし》を固めた。その途端、フレドリックはつうっと額から一筋の汗《あせ》を流し、顔色を変えて両手を前に突《つ》き出した。

「いやいや、アイリーン。話せば分かる。ちょっと落ち着け。お前が怒《おこ》ってることは分かった。僕はお前を怒らせたかったわけじゃないんだ。分かった。分かったから。少し落ち着こう。ぜひ落ち着こう。今度は騙されても金は出さないことにするから」

フレドリックが必死に言ったその時である。開いたままになっていた入り口から、軽やかな笑い声が聞こえてきた。アイリーンとフレドリックは同時にそちらを向き、目を見張る。

そこにいたのは一人の女性だった。年の頃《ころ》はアイリーンと同じか少し下といったところ。ごく一般的な貴族の娘という印象の外出着を纏《まと》う小柄《こがら》で細い体。ふんわりとした柔《やわ》らかな表情を浮かべるくせのない顔立ち。

「ごきげんよう。お久しぶりですね。応接間で待っているよう言われたのですけれど、待ちきれなくて探しに来てしまいました」

彼女はころころと笑いながら部屋に入ってくる。その後ろから使用人のレティナが慌《あわ》てて現れると、すぐさま部屋の扉を閉めた。

アイリーンは一瞬驚《おどろ》きの表情を浮かべたものの、すぐに姿勢を正して典麗《てんれい》に微笑《ほほえ》み、彼女に向かって優美に礼をした。

「ようこそお越《こ》しくださいました。──ロザリー・クイン王女殿下《でんか》。調査は終わっております」

ウィスタン王国の国王の娘である彼女は、春の日差しの如《ごと》き温かな微笑みを浮かべて愛らしく小首をかしげてみせる。

「いつもご苦労様。あなた方には本当に感謝しているのですよ。この国のあらゆる場所を見通す『ウィスタン王家の蝙蝠《こうもり》』であるラグランド伯爵《はくしゃく》家には──」

ラグランド家は今から二百年前に王家より伯爵位を賜《たまわ》った。

当時の王は『懐疑《かいぎ》王』と歴史に名高いヨドリゴ一世。周囲のありとあらゆるものを疑い続けて生きた王は、一介《いっかい》の兵士でありただ一人の友人であったラグランドの先祖だけを信用し、爵位《しゃくい》とある役割を与えたのだ。

それがすなわち、王の敵を探《さぐ》ること――

ありとあらゆる場所に紛《まぎ》れ込み、偽《いつわ》り、謀《はか》り、聞き耳を立て、様々な情報を探り、王家の害となる者を見つけ出すこと――

その命を受けて以来、ラグランド伯爵家は王家の密偵《みってい》としてウィスタン王国全土に網を張《は》り巡《めぐ》らせ、諜報《ちょうほう》活動を行ってきた。

以後二百年、今も変わることなくそれは続いている。


「わが国には、蝙蝠が悪魔《あくま》の使いだという言い伝えがありますけれど……それで言うならわたくしは悪魔ということになるのでしょうか？」

応接間へ通されたロザリー・クイン王女は、ふかふかした座り心地のいいソファに腰かけて冗談のようなことを言った。

「ふふふ、ごめんなさい。変なことを言ってしまいましたね。報告をお願いします」

笑顔で促《うなが》され、王女の向かいに座っていたアイリーンは軽くうなずいた。

「結果から報告しますと、テミス伯爵は黒でした。こちらがその証拠《しょうこ》です」

伯爵家の横領の証拠資料をずらりとテーブルに並べる。

王女はそれらをざっと眺め、ほうっと淡い吐息《といき》をついた。

「残念なことですね……。分かりました。そのこと、陛下に報告しておきましょう」

木漏《こも》れ日のような笑顔で王女は言った。

彼女は王家とラグランド家を繋《つな》ぐ窓口の役割を担《にな》う王女だ。彼女の命令は王の命令。国中に散らばる蝙蝠の全《すべ》てを言葉一つで動かすことが出来る絶対的存在。

今から三年前、ロザリー・クイン王女は姉姫から役割を交代した。初めて会って以来、彼女はアイリーンを気に入ったらしく、用件の多くをアイリーンに伝えるようになったのである。

「今回の調査は大変でしたか？　少し時間がかかったようですが」

労《ねぎら》うように尋《たず》ねられ、アイリーンは思い出して苦虫を噛《か》み潰《つぶ》した。

「……調査過程に問題はありません。ただ、テミス伯爵が不躾《ぶしつけ》な方だったせいで、最後の最後にもめました」

その言葉を聞いた途端《とたん》、王女の瞳が好奇心に煌《きら》めいた。

「何かあったのですか？」

「酔《よ》った伯爵に寝所《しんじょ》へ誘《さそ》われました」

アイリーンは苦々しげに顔を歪《ゆが》めた。

「それでどうしたのですか？」

「顔面に肘打ちを食らわせて鼻の骨を折りました」

「まあ！　うふふふふ」

「笑い事ではありません。無駄《むだ》に目立つなど密偵としては許されざる行為《こうい》です。やはり私は男性を相手に諜報活動をすることが不得手なのでしょう。幸い調査はほとんど終わっていたのでさしたる問題はありませんでしたが……」

強く息を吐《は》いて憤《いきどお》りを逃《に》がそうとするアイリーンを、王女は楽しげに見やる。

「ふふふ……殿方《とのがた》はお嫌《きら》い？」

「嫌いです。控《ひか》えめに見積もっても目の前に現れるなと思っています」

それを聞き、王女は声を立てて笑った。

「ああ可笑《おか》しい。あなたとお話するのは何て楽しいのでしょう」

「お気に召《め》したなら光栄です」

「ええ、わたくしあなたのそういうところが大好き」

何を言っても楽しがる王女を見やり、アイリーンは苦笑《くしょう》する。

　そしてそこで不意に思い出した。

「そういえば、仕事とはあまり関係がないのですが――テミス伯爵令嬢《れいじょう》の婚約を王女殿下の力で潰して頂くことは可能でしょうか？　父親の失態のせいで、泣くほど嫌《いや》な男のもとへ嫁がされそうになっているのです」

　調査のために近付いた相手ではあるが、あの父親のもとで育ちよくぞここまで……と思うほどどいい子だった。あんないい子が笑顔になれないような婚約など成立していいはずがない。

「事情はよく分かりませんが、そうですね……出来なくはないでしょう。いいですよ。任せておいてください」

　王女は朗らかに笑いながら気軽に請《う》け負ってくれた。

　アイリーンは少し安堵《あんど》して表情を緩《ゆる》める。

「テミス伯爵令嬢に頼まれたのですか？」

「いえ、まさか。彼女は私と王女殿下に繋がりがあることなど知りません。ただ、泣いていたのでどうにかしてあげたいと私が勝手に思ったのです」

「相変わらず女性には優しいのですね」

　うふふと笑いながら王女はふと思いついたように小首をかしげた。

「わたくしが泣いていても助けてくれますか？」

そんなことを聞かれてアイリーンはきょとんとする。

この王女はか弱くおとなしそうに見えるが、実は恐《おそ》ろしく胆《きも》の据《す》わった少女だ。

彼女が泣いて助けを求める様など想像もつかない。けれど――

「助けますよ」

アイリーンは当たり前のように答えた。

「あなたが泣いていたら、世界の裏側にだって助けに行きます」

答えの分かりきった質問過ぎて、きょとんとしたほどだった。

しかし王女は虚《きょ》を衝《つ》かれたらしく目を丸くし、右手を頬《ほお》に添《そ》えて軽く首を傾《かたむ》けた。

「嫌ですね。ちょっとときめいてしまいましたよ」

くすくすと楽しそうに笑い出す。

「では――」

と、王女は語調を変えて言った。本人に変えたつもりはないのかもしれない。しかし、アイリーンの耳には確かに彼女の微《かす》かな緊張《きんちょう》が感じ取れた。

「またわたくしを助けてくれますか――？」

「はい、もちろんです」

アイリーンは居住まいを正し、『王家の蝙蝠』として従順に答えた。

王女がラグランド家を去ってしばらくすると、アイリーンは当主である祖父のラグランド伯爵の執務《しつむ》室へ呼ばれた。

祖父は入り口の正面にある机に座って厳《いか》めしい顔をしていた。六十を少し超《こ》え、白いひげを蓄《たくわ》えた厳格な紳士《しんし》である。その傍《そば》には叔父《おじ》のフィーキンスが立っていた。一見して真面目《まじめ》な性格が分かるような男だ。

現在ラグランド家の裏稼業《かぎょう》を取り仕切っているのがこの二人だ。

以前ともにその役割を担っていたアイリーンの父親は、五年前に他界している。

そして二人から少し離れた壁際《かべぎわ》に、兄のフレドリックと、フィーキンスの息子である従兄《いとこ》のドードニオが直立していた。

いったい何のために呼ばれたのか聞かされていないアイリーンは、微かな緊張を伴《ともな》って机についている祖父に近付いた。祖父は厳しい表情でアイリーンを見上げる。

「アイリーン、王女殿下の用件は？」

「先の調査の報告。それと、最近カルガロ公爵《こうしやく》領で少女が頻繁《ひんぱん》に行方《ゆくえ》不明になるという事件が起こっているそうです。それを警戒《けいかい》しておいてほしいと仰《おお》せでした」

「そうか……その件はお前に指揮を任せる。で、本題だが」

ラグランド伯爵は表情を崩さないままアイリーンとフレドリックを交互《こうご》に見た。そして脱力《だつりょく》するようなため息をつき——

「フレドリック……お前はまた違《ちが》う女性に引っかかったそうだな」

「いや、引っかかったわけではなくて……」

フレドリックの言い訳を遮《さえぎ》って、祖父はバンと机を叩《たた》いた。

「私は今までずっと我慢《がまん》してきた。お前が夫ある女性に懸想《けそう》してその夫に睨《にら》まれた時も、お前が調査対象の娘に懸想して任務を疎《おろそ》かにした時も、お前が訳ありの妊婦《にんぷ》に懸想して子供の父親になれと迫《せま》られた時も、私はずっと我慢してきた。だが、今日という今日はもう我慢ならん。私はお前にこの家を継《つ》がせることは出来ん！」

怒声《どせい》をもって宣言されたフレドリックは一瞬《いっしゅん》驚いたようにまばたきし、直立不動のまま真面目くさった顔で首肯《しゅこう》した。

「賢明《けんめい》ですね、おじい様。僕もそう思っていたんですよ」

その言葉を聞いてラグランド伯爵は諦《あきら》めたように言う。

「もっと早くに決断すべきであった。私はラグランド家の当主として、最も相応《ふさわ》しいものを跡継《あとつ》ぎに定める責務がある。そこでだ……」

と、彼はアイリーンの方を向いた。

「アイリーン、お前に私の跡を継いでほしい」

「お断りします」

僅《わず》かの躊躇《ちゅうちょ》もなくアイリーンは即答《そくとう》した。あまりの早さに祖父はぽかんとして二の句が継げずにいる。アイリーンは精一杯の誠意をもって言葉を繋いだ。

「跡継ぎになるということは、婿《むこ》を取って子を産まなければならないということではありませんか。おじい様、私に死ねと仰《おっしゃ》るのですか？」

ラグランド伯爵は呆《あき》れたように黙《だま》りこみ、しばしの沈黙を保った後、深い苦悩《くのう》のこもったため息をついた。

「アイリーン……お前はそこまで男が嫌いか……」

「嫌いですね。控えめに見積もっても滅《ほろ》べばいいと思っています。まあ、おじい様や叔父様のような殿方ならばいてもいいとは思いますが」

言われた祖父は怒《おこ》っていいのか喜んでいいのか分からないといった様子で、複雑な表情を浮《う》かべた。

「お兄様に跡を継がせたくないのなら、叔父様に継いで頂けばよろしいでしょう」

「それは駄目《だめ》だ」

アイリーンの提案を、叔父のフィーキンスが至極《しごく》真面目な顔できっぱりと拒絶《きょぜつ》した。

「私は次男だ。順序を考えるならば、長男である兄上の子供のフレドリックかアイリーンが継ぐべきだ」

融通《ゆうずう》の利《き》かない叔父である。次男であるだけで駄目だというなら、女であるアイリーンは尚更《なおさら》駄目だろう。つまりこの叔父は跡継ぎになるつもりがないだけのことなのだ。自分には裏方が合っていると思っているのだろう。それは確かに事実だ。

アイリーンが表情を曇《くも》らせたその時、

「女なんかが跡継ぎになれるわけがない」

そう発言した者がいた。従兄のドードニオである。

二十歳《はたち》になったばかりの、いかにも気の強そうな顔をした男だ。今まで不満げに黙っていたが、とうとう痺《しび》れを切らしたらしい。

「ラグランド伯爵が背負う重責を考えてみれば、女なんかに任せるわけにはいかないでしょう、おじい様。考え直して下さい。人の人生を左右する仕事です。我々の調査によって去年取り潰されたケーニヒ子爵《ししゃく》家。三年前に領地を半減されたユガナン伯爵家。――五年前に他国へ情報を流して没落《ぼつらく》したカーヴストン侯爵《こうしゃく》家にいたっては、その後当主が自死しているんですよ。こんな重責に女が耐《た》えられるわけありません」

彼は拳《こぶし》を握《にぎ》って力説する。

最後の件はアイリーンもよく覚えていた。亡き父が最後に手掛《てが》けた仕事だからだ。

「第一、アイリーンみたいな生意気で可愛《かわい》げのかけらもない暴力女に何が出来るんですか。世界中の男に嫌《きら》われて終わるだけですよ。今回なんて、調査対象を殴《なぐ》り飛ばして鼻の骨を折ったそうじゃないですか。この家のことを考えるならこんな女に跡《あと》を継がせるべきじゃありません。跡継ぎならまだ俺がいます」

ドードニオが自分の胸を力強く叩いた瞬間、ラグランド伯爵と叔父のフィーキンスは同時に微妙《びみょう》な顔をした。

ドードニオは密偵《みってい》としては有能だが人の上に立つことに向かない——というのが両者の共通する見解であるとアイリーンは知っていた。そもそも今この場で主張することと自体が減点である。そういうことは裏でやれという話だ。

「確かにそうだが、やはり私はこの中ならアイリーンが最も跡継ぎに相応しいと考えている。アイリーンならばこの家を継ぐという重責にも耐えられるだろう。確かに男嫌いは欠点だが……調査対象の鼻骨を折るというのも問題だが……」

「では、私があの男の寝所へおとなしくついていった方がよかったと？」

舌を噛《か》めと言われる方がまだましだなと思いながら軽く首を傾《かたむ》けて尋《たず》ねると、

「「そんなの駄目に決まってるだろ!!」」

兄のフレドリックと従兄のドードニオが口をそろえて怒鳴《どな》った。

その勢いに若干驚《じゃっかんおどろ》いた様子ながらも、祖父はどうにか威厳《いげん》を保って答える。

「もちろん私もそんなことは言っていない。ただ、男嫌いさえ克服《こくふく》すれば、お前は歴代の誰より優《すぐ》れた当主となる可能性を秘めていると私は考えている」

そこまで自分を買ってくれるのはありがたかったが、アイリーンは男嫌いを直そうとも直したいとも思っていないのだ。勝手に話を進めないでほしい。

「おじい様、私の男嫌いは直りません。ですから諦めてください」

「……アイリーン、お前が男を嫌がるのは、お前があまりに男というものを知らないからだ。お前の抱《いだ》く嫌悪は無知が支えている。だとすればそれは矯正《きょうせい》出来るはずだ。お前の希望を聞いて今まではずっとお前の部下には女性をつけてきたが、これからは男の部下をつけることにする。いいか、男嫌いは男に慣れれば直るものだ」

頑《がん》とした口調で断言され、アイリーンは言い返す機会を逸《いっ》した。

アイリーンが困惑《こんわく》していると、黙って突《つ》っ立っていたフレドリックが突然言った。

「おじい様の言うことを聞いておきなよ、アイリーン。だいたい、今まで僕が跡継ぎだったことがおかしいんだから。僕が跡継ぎなんて……僕が一番不安だよ！　そもそも、僕の持っている要素でお前に勝《まさ》るところがいったいどこにあるの」

何故《なぜ》か偉《えら》そうに自分の胸を叩く。そして真面目くさって続けた。

「男嫌いが直らないなんて思うことないよ。原因を解消出来ればきっと直るさ。……そういえば、お前はどうしてそんなに男が嫌いなんだっけ？　何か嫌《いや》なことでもあった？　僕が知ってる限りでは何も思い当たることがないんだけれど……」

それを聞いてアイリーンはぴしりと固まった。そして、ギギギギと音が鳴るような不自然な動きで首を回し、兄を見上げ――

「今何か言った？」

「いや、だからお前が男嫌いになるようなきっかけなんて、何かあったかなって」

「今、何か、言った？」

「え？　だからお前の男嫌いの原因……」

そこでアイリーンはずかずかと兄に近寄ると、ガッと兄の首をつかんで、のど仏に親指を食い込ませた。

猛禽類《もうきん》のような鋭い瞳《ひとみ》で兄を真正面から見上げ、殊更《ことさら》ゆっくりと尋ねる。

「今――何か――言った？」

「……いや、何も言ってないです」

フレドリックは降参するように小さく両手を上げて、そろりそろりとアイリーンの手を引き離《はな》した。アイリーンはそんな兄からふいっと視線を外して、祖父に向き直る。

「おじい様」

頭の痛そうな顔でこちらを見ていた祖父に、アイリーンはきっぱりと言った。

「何と言われようと無理なものは無理です。他に話がないのなら私は失礼します」

返事を待つことなく、アイリーンは祖父の執務室を後にした。

こんなに腹の立つことがあるだろうか？　――いやない。

アイリーンは二階の東側にある自室へ戻《もど》り、広い一間の部屋の一番奥に置かれている寝台に横たわった。

時刻は夕暮れ時になっており、部屋の中は暗い。疲れ切ったアイリーンは夕食を取ることをやめ、このまま眠ってしまうつもりだった。

寝具の上でうつぶせになり、頭の横に置いた拳をぎりぎりと固める。

諸悪の根源たる男にどうして男が嫌いなのかと真剣《しんけん》に聞かれるなど、こんなに腹の立つことはない。屈辱《くつじょく》でしかないので死んでも理由は教えてやりたくないが、アイリーンの男嫌いの最たる原因はあの馬鹿《ばか》兄である。

一番古い記憶は三歳の頃——兄に物理的に振《ふ》り回されて池に放《ほう》り投げられた。虫や蛇《へび》を捕《つか》まえてアイリーンの服や寝床《ねどこ》に放りこむことは日常茶飯事。逃げれば小枝でぴしぴし叩かれながら追い回された。

窓から落とされそうになったこともある。

怖《こわ》くて怖くて毎日逃《に》げ回っていたが、泣いたことは一度もない。

泣き顔を人に見られることが嫌だった。

誰かに助けてほしくて仕方なかったが、それを言葉にしたことも一度もない。

助けを求める方法なんて知らなかった。

アイリーンは自己主張することが苦手な子供だったのだ。

楽しげにアイリーンを追い回す兄を見て、従兄のドードニオや、兄の友人達や、遊び相手として雇《やと》われていた少年達も楽しそうに笑っていた。

自分が怯《おび》え、逃げまどう姿を見て嗤《わら》う彼らを、アイリーンは心底怖いと思った。

自分がとても恥《は》ずかしい生き物に思えて、見られたらきっとまた嗤われるのだと思い、顔を合わせることも声を聞くことも嫌になった。

兄はアイリーンが嫌いだから意地悪をするのだろうと思い、アイリーンもまた兄を嫌いになった。

この人が自分の目の前から消えてしまえばいいと何度思ったか知れない。

祖父母も両親も親戚《しんせき》達も使用人達も、誰一人アイリーンを助けようとはしてくれなかった。

当時のアイリーンは、彼らが自分よりも兄を大事に思っているから助けてくれないのだと考えたが、大きくなって思い返せば、彼らはアイリーンが助けを求めていることに気付いてもいなかったのだ。

きっと、兄妹《きょうだい》仲良く追いかけっこをしていると微笑《ほほえ》ましく思っていたのだろう。

そのくらい、アイリーンは自分の感情を表に出すことが苦手だった。

そして事実、兄の行動に悪意はなく、ただただ可愛い妹と遊んでやっているという感覚しかなかったのである。

それを知ったのは今から十年前、アイリーンが八歳になった時のことだ。

冬のある日、アイリーンは兄が庭園に一人でせっせとこしらえた落とし穴に落とされた。幸いかすり傷ではあったが、落とし穴を覗《のぞ》きこんでケタケタと笑っていた兄の顔を見上げて、とても悲しく悔《くや》しい気持ちになったことを憶《おぼ》えている。兄はさっさとその場を離れてしまい、アイリーンは一人で穴から出ようとしたが、穴が深すぎて上ることが出来なかった。一人でこんなものを作ったのかと思うと、馬鹿すぎて眩暈《めまい》がするほどだった。しかも運の悪いことに、天候は雪。外へ出る人間は皆無《かいむ》となり、あろうことか、兄はそのままアイリーンのことを忘れてしまったのだった。

しんしんと降り続く雪を見上げ、アイリーンは助けに来てくれる誰かを待った。待って待って待ち続けて……長時間放置されたあと使用人によって発見されたアイリーンは、穴の底で小さな雪だるまと化していたという。救出されたアイリーンは肺炎《はいえん》を起こして寝込んでしまったので、その時のことは記憶にない。

数日経《た》って意識が回復した時、枕元《まくらもと》には兄がいた。

彼は泣きながらアイリーンに謝り、元気になったらまた一緒《いっしょ》に遊ぼうと言った。

その瞬間、アイリーンはようやく気付いたのだ。

兄が自分を心底愛しているということと——

この男が救いようもない馬鹿なのだということに——

ここまでしても、この男には遊んでいるという感覚しかないのだ。

このままではいけないとアイリーンは初めて思った。

助けてほしいなんて考えた自分は愚《おろ》かだった。自分の身は自分で守らなければ——

その日からアイリーンは逃げることをやめた。

水が怖いというのなら——泳げるようになればいい。

刃物《はもの》が怖いというのなら——怪我《けが》をしないよう剣術《けんじゅつ》を学べばいい。

兄が怖いというのなら——兄より強くなればいい。

極めて単純明快な理屈《りくつ》により、アイリーンは己《おのれ》を鍛《きた》えることを決意した。

体術を学び、剣術を学び、銃《じゅう》の扱《あつか》いを覚え、古今東西のあらゆる知識を得ようと片《かた》っ端《ぱし》から本を読み漁《あさ》り、学者に師事した。

人の行動から心理を読み解く術《すべ》や、相手の話を引き出す会話術。密偵として必要な技能を習得するため血の滲《にじ》むような努力を重ねた。

そうしていつしか、アイリーンはラグランド家で最も将来有望な子供だと言われるまでに成長していた。

気付けば兄は、アイリーンに悪戯《いたずら》をしなくなっていた。

時々淋《さび》しそうな様子でちょっかいを出してくることはあったが、アイリーンは相手にもしなかった。

今なら殴り合いになっても勝てる——弛《たゆ》まぬ努力に裏打ちされた自信がアイリーンを支えていたのである。

これでようやく誰にも恥じない自分になれたと思ったのに、十二歳になったある日、アイリーンは母から驚くべきことを告げられた。ラグランド家の女性は年頃になったら男性を相手にする術を覚えなければならないと――

男性に好まれるよう着飾って、男の人に近付き、笑いかけ、会話を交《か》わし、機嫌を取って、好意を持たせ、情報を引き出すことを習得するよう命じられた。

有体《ありてい》に言えば、アイリーンは男に媚《こ》びることを求められたのだ。

その瞬間の嫌悪感を今でもはっきりと覚えている。

男に――あの愚かで傲慢《ごうまん》で粗暴《そぼう》で思いやりの欠片《かけら》もない生き物に――媚びる――？

それが女である自分に求められる役割だというなら、今まで自分が歯を食いしばって耐《た》えてきたことは……努力してきたことは……何だったのだ？

世界が足元から崩《くず》れたような心地《ここち》で、アイリーンは母に教えられるまま様々なことを覚えた。

そして一年後――十三になって初めて社交界に出た夜。

とある伯爵《はくしゃく》家の舞踏会《ぶとうかい》に招待され、アイリーンはその家の子息から父親の情報を引き出してくることを命じられた。

煌《きら》びやかな館《やかた》のホールで子息と対面した瞬間、彼はアイリーンに目を奪《うば》われたように動きを止めた。

アイリーンは自分の容姿に興味がなく、体調の良し悪《あ》しを見極《みきわ》める目的以外で鏡を見ることがあまりない。

しかし家人達に言わせると、アイリーンは非常に美しく男を魅了《みりょう》する顔立ちと体つきをしているのだそうだ。

これをどれだけ効果的に使えるかが勝負の鍵《かぎ》なのだと皆が口をそろえて言った。

だからアイリーンは自分の容姿に価値があることを知っている。

そして事実、アイリーンの美貌《びぼう》は目の前にいる伯爵令息を引きつけていた。

彼はアイリーンの目の前まで来ると、いったいどんな躾《しつけ》をされてきたのか許可もなく強引《ごういん》にアイリーンの手を引き、一緒に踊《おど》ろうと誘《さそ》ってきたのだ。

喜んで——と答えなければならない。或《あ》いは、恥じらうようにうつむいたり、嬉《うれ》しそうに頬《ほお》を染めたり、緊張《きんちょう》したように目を潤《うる》ませたりしなければならない。

しかし、子息が音楽に合わせて腰に手を回してきた瞬間、アイリーンはほとんど反射的に、彼の横っ面《つら》を張り飛ばしていた。

ふつふつと怒《いか》りのような感情が腹の底から湧《わ》き上がるのを感じ、アイリーンは愕然《がくぜん》としている子息を見据《みす》えた。

それは一年間――いや、幼い頃《ころ》からずっと溜《た》めこんできた怒りだった。

『気安く触《さわ》らないで。私と踊りたいというなら、礼儀《れいぎ》を学んで出直してくるといいわ。馬鹿で不躾で乱暴な男が、私はこの世の何より嫌《きら》いなのよ！』

子息も、周りにいた者達も、一瞬で凍《こお》りついた。

そしてその日、舞踏会に出席していた貴族達の間にアイリーンの存在は瞬《また》く間に知れ渡り、おかしなあだ名がつけられた。

男嫌いの荊姫《いばらひめ》――近付いた男は棘で刺《さ》される――

なるほど悪くないとアイリーンは思った。

男嫌いの伯爵令嬢《れいじょう》が密偵《みってい》だなどとは誰も思うまい。

今のままの自分で『王家の蝙蝠《こうもり》』の務めを果たせる女になろうと、その日アイリーンは決意した。

それから五年、アイリーンは決意した通りの形で務めを果たしている。一族の者達はとっくにアイリーンの男嫌いを直すことを諦《あきら》めたと思っていたのに、今になってそれを直せと？

腹立ちを超《こ》えて滑稽《こっけい》になってきた。

直せる男がいるというなら直してみるがいい。

自分が変わることは決してないのだとアイリーンは信じていた。

寝台の上に横たわったまま、アイリーンはいつしか眠ってしまっていた。人の気配を感じてふっと目を覚ますと、辺りは明るくなっていて朝になったのだと分かった。

首を捻《ひね》って上を見やり、アイリーンはぎょっとした。

寝台に覆《おお》い被《かぶ》さる格好で、すぐ間近に自分を見下ろしてくる者がいた。若い男だ。恐《おそ》らく二十をいくつか過ぎた辺りだろう。見たこともない男である。彼はこちらの内側を覗きこもうとするような瞳《ひとみ》で、じっとアイリーンを見下ろしていた。

知らない男が寝所《しんじょ》に侵入《しんにゅう》してきて自分を見下ろしているという この異常な状況。曲者《くせもの》――ではないはずだ。この館にこれほど簡単に賊《ぞく》が侵入出来るはずがない。

ならばこれは誰だ――？

アイリーンは驚《おどろ》きと困惑《こんわく》を心中に押《お》し隠《かく》して、じろりと男を睨《にら》み上げた。

「離れなさい」

すると男は何度かまばたきし、アイリーンから離れて寝台の傍《そば》にある椅子《いす》に腰を下ろした。アイリーンは身を起こして寝台の上に座りこむ。そして改めて男を上から下まで眺《なが》めた。

やはり知らない男だ。格好は清潔な白い絹のシャツと黒に近い紺《こん》のズボン。けれど上着を着ていない上、シャツのボタンの一番上を留めていないせいで、着崩《きくず》した印象がある。

今まで何人もの男を見てきたアイリーンの目から見ても、五指に入るほど精悍《せいかん》で整った顔立ちをした男だった。すらりとした体つきに見えるのに決して弱々しい印象はなく、むしろ引き締《し》まって逞《たくま》しいことが服の上からでも分かった。光の加減で赤銅《しゃくどう》にも見える黒い髪、エメラルドグリーンの瞳。視線を合わせた瞬間ぞくりとした。その瞳が空虚《くうきょ》な洞《うろ》のように見えたからだ。千年も生きて――生きつくして――もうこの世の何にも心を動かさなくなってしまったかのような――何もない――空っぽの瞳。

けれど男がその虚無《きょむ》をのぞかせたのはほんの一瞬で、すぐにニッと唇の端を持ち上げて笑ってみせた。いかにも女性を引き寄せそうだとアイリーンはふと思い、突然天敵が目の前に現れたかのような心地になって眦《まなじり》をつり上げた。

「お前は誰？」

アイリーンは鋭く冷たい声で問い質《ただ》す。

「誰だと思う？」

そう問い返す男の声は飄々《ひょうひょう》としていてとらえどころがなかった。

人を食ったようなその答えが癇《かん》に障《さわ》り、アイリーンの目付きは益々《ますます》剣呑《けんのん》になる。

「馬鹿《ばか》は嫌いよ。お前が何も理解出来ていない愚か者ではないというのなら、自分がどこの何者で、何のためにここにいるのか説明しなさい」

すると男は椅子に座ったまま自分の膝《ひざ》に片肘《かたひじ》を置き、頬杖《ほおづえ》をついて微笑《びしょう》を浮《う》かべた。

「ハインジャー子爵《ししゃく》家の五男、ヴィルだ。お館《やかた》様の直属の部下で『王家の蝙蝠』の端《はし》くれをやっている」

ラグランド家でお館様と呼ばれるのはアイリーンの祖父のラグランド伯爵であり、その呼び方をする者は裏の仕事をする者に限られている。

「それが何の用でここにいるというの」

「面倒《めんどう》くさいことに、今日からお館様の命令であんたの部下として傍に付き従うことになった。あんたの男嫌いを直したいんだそうだ。聞いてないか？　男嫌いの荊姫」

からかうように男――ヴィルは言った。

アイリーンは昨日の祖父との会話を思い出し、眉間《みけん》に深くしわを刻む。

「男と触《ふ》れ合う機会が増えれば慣れるに違《ちが》いない――だとさ。暴露療法《ばくろりょうほう》というやつだな。近付く男を片っ端から棘で刺しまくっていると噂《うわさ》に名高いお嬢様《じょうさま》にどれほど効き目があるか知らないが……まあ、大した問題じゃない。俺は生意気な女が割と好きだ。調教のし甲斐《がい》があるというものだろ？」

ヴィルは軽く笑った。

アイリーンは無表情で彼を見返し、緩《ゆる》やかな動きで寝台から下りた。優雅《ゆうが》な姿勢で彼の目の前に立ち、そして次の瞬間——ヴィルの座っていた椅子に向かって足を振り上げ、思い切り蹴り倒す。

「……お…わっ！」

ヴィルは体勢を立て直す間もなく、一瞬で椅子と共に絨毯《じゅうたん》へひっくり返った。

尻《しり》をついたままぽかんとしてこちらを見上げた彼の胸の辺りを、アイリーンは容赦《ようしゃ》なく素足《すあし》で踏《ふ》みつけ、軽く身を屈《かが》めて顔を近付けた。そして凄艶《せいえん》な微笑《ほほえ》みを浮かべる。

「それは奇遇《きぐう》ね、私も生意気な男は大好きよ。好き過ぎて踏みつけたくなるから今すぐ私の視界から消えてくれないかしら」

兄曰《いわ》く、ぞっとするような笑顔——

しかしヴィルは恐怖で青くなるでも怒りで赤くなるでもなく、どこか子供のように透明《とうめい》な表情でじっとアイリーンを見上げていた。それはアイリーンが今まで幾度《いくど》とな

く物理的及《およ》び精神的に踏みつけてきた、どの男とも違う反応だった。

いつもと違うその反応にアイリーンは気持ち悪さを感じる。

男は女に見下されると怒《おこ》るものだ。あらゆる手を使って自分の方が上位であることを示そうとするものだ。それが男だとアイリーンは思っていた。

なのに何故ここまで反応がない——？

微《かす》かに苛立《いらだ》つような感覚があって、アイリーンはぐりぐりと更《さら》に踵《かかと》をめり込ませた。

ここまですれば怒るはずだ。怒り狂《くる》ってどこへなりと消えるがいい。だというのに、ヴィルは怒るどころかまばたきすらせず、ただただこちらを見上げてくるだけだった。

急に背筋がひやりとする。それはじわじわと染みこんでくる水を防ぐことも出来ず無抵抗《むていこう》に浸食《しんしょく》されてゆくような焦《あせ》りと危機感に似ていた。

アイリーンは唇を引き結んで、何一つ言葉を与えることなくヴィルを見下ろした。

すると、踏まれたままの姿勢で彼は形のいい唇を開いた。

「お嬢さん、一つ聞きたい」

突然の真面目《まじめ》な表情。

「何？」

アイリーンは警戒《けいかい》を解かないまま聞き返す。

ヴィルは真《ま》っ直《す》ぐにアイリーンを見上げてはっきりと言った。

「——あんたを好きになってもいいか？」

想像の斜《なな》め上をいかれてアイリーンは目を丸くした。

何を言っているのだろうか、この男は——

「あんたみたいな人間が本当にいるんだな……この世には」

完全に固まっているアイリーンを見つめ、彼は真剣《しんけん》に言葉を重ねた。

「俺は今、すごい衝撃《しょうげき》を受けた」

それは椅子から落ちたからだとアイリーンは思った。

「女性を前にしてこんなにも胸が苦しくなったことはない」

それは胸を踏まれているからだとアイリーンは思った。

「すごく不思議な気分だ。だけど確かに今、俺はあんたに踏まれるために生まれてきたんじゃないか——という気がした。あんたなら、俺を全部受け入れてくれるんじゃないかと思った。そんな風に思わせてくれた人は今までに一人もいない。だから、あんたを好きになることを許してくれないか？」

真摯《しんし》な瞳と正面から目を見合わせ、アイリーンはようやく足をどけた。

「……立って」

そう声をかけるとヴィルはゆっくり立ち上がる。きちんと立ったところを見てみると、彼は上背《うわぜい》のある男だった。

アイリーンは手を伸ばし、彼の胸にそっと触れるとシャツの胸元を握《にぎ》り締めた。間近で顔を見合わせると、ヴィルは端整《たんせい》な顔でにこっと笑った。アイリーンも同じようににこりと笑い――ぐっとつかんだシャツを引き寄せ屈ませると、彼のみぞおちに思い切り膝をめり込ませた。がふっと呻《うめ》いてヴィルは再びうずくまる。

「死にたいの？」

怒《いか》りがそのまま声になり、そんな言葉が口をついて出た。

アイリーンはきびすを返し、寝台の傍に置かれていた靴《くつ》を履《は》くと、うずくまるヴィルを放置して足早に部屋から出て行った。


優雅かつ素早い足取りでアイリーンは廊下《ろうか》を歩く。目を怒らせ、眉《まゆ》をきりりとつり上げて、唇を引き結んだアイリーンとすれ違う使用人達は、みな怯《おび》えたように廊下の端へと飛び退《の》いた。

起き抜《ぬ》けに何の嫌《いや》がらせだ！

馬鹿は一人で間に合っている。惚《ほ》れっぽいあの馬鹿兄一人でアイリーンの手はいっぱいだというのに、これ以上面倒を起こす馬鹿など増えてくれるな！

好きになってもいいか――と聞いてきたヴィルの顔が思い浮かび、アイリーンはぎりっと歯を嚙《か》みしめた。

あんな下らない嘘《うそ》でからかわれるなど――ここまで人を馬鹿にした話はない。

本当なら、相手にせず鼻で嗤《わら》ってやればよかったのだろうが、アイリーンもまだそこまで修行《しゅぎょう》は出来ていなかった。

怒りと屈辱《くつじょく》が頂点に達したところで、アイリーンは祖父の執務《しつむ》室までたどり着いた。

「おじい様!!」

勢いよく開けられた扉《とびら》の音と鋭い怒声《どせい》が響《ひび》き渡《わた》り、入り口の真向かいにある机に座っていたラグランド伯爵《はくしゃく》がびくりとしたのが見えた。

彼はすぐにその驚《おどろ》きを隠《かく》し、厳《いか》めしい顔で「どうした」と聞いてきた。

「あれはいったい何ですか!?　馬鹿の変態ですか!?」

つかつかと祖父に歩み寄りながらアイリーンは問い質す。

「??　何の話だ？　……変態？」

「おじい様が私の部下につけたとかいう男のことです」

「ヴィルか？」

憶《おぼ》えたくもない名だが、記憶力のいいアイリーンはもちろん憶えていた。

「それです」

「あれは借金の肩代《かたが》わりをしてやったハインジャー子爵家の五男で、二十三歳という若さながら優秀《ゆうしゅう》な密偵《みってい》だ。四年半ほど前からこの家で働いている。貴族の出だから社交界に溶《と》け込むことも上手い。何よりあれは勘《かん》が鋭く、人の本質を見抜《みぬ》く直感力にかけては図抜《ずぬ》けている。強《し》いて挙げるとするなら……気分屋であまりやる気がないのが欠点かもしれんが……」

「そんな者はおじい様が使えばよろしい。私に押しつけられては困ります。そもそも、あんな男を傍《そば》に置いて私の男嫌《ぎら》いが本当に直るとお思いですか？　むしろ悪化するとは思わないのですか？　今すぐ引きとって私の知覚範囲外《はんいがい》に追いやって下さい」

アイリーンは祖父の机に両手をつき、据《す》わった目で訴《うった》えた。が、

「いいや、駄目《だめ》だ。これから仕事にはヴィルを同行させること。これは現当主たる私の命令だ」

ラグランド伯爵は断固たる態度でアイリーンの要求を突《つ》っぱねた。

そのことに少なからずアイリーンは驚いた。誰に対しても厳しい祖父だが、実のところアイリーンに対しては甘《あま》い一面がある。あからさまに甘やかされるわけではない

けれども、一族内で意見が対立した時にアイリーンの言を聞きいれてくれる確率が高いのだ。それなのにこの頑《かたく》なな態度――

つまり、本気でアイリーンを跡継《あとつ》ぎにしようと考えているということだ。

自分に期待をかけているのだと考えれば、その期待に応《こた》えたいという思いはアイリーンの中にもあった。けれど、跡を継ぐためには夫を持つことが必要だ。子を産むことが必要だ。それはつまり――自分の体を男に許さなければならないということだ。

そんなのはどう考えても絶対に無理だ。

この発想が酷《ひど》く可愛《かわい》げのない女のものであることを、アイリーンは自覚している。

「とにかくあれはもうお前の部下だ。必ずお前の役に立つ」

この上もなく真剣な顔で言われ、アイリーンは仕方なくうなずいた。

祖父が安堵《あんど》の表情を浮《う》かべるのが分かった。


行きとは裏腹にいささか力のない足取りでアイリーンは自分の部屋へ戻《もど》った。

扉を開けると馬鹿《ばか》の変態――もといヴィルはまだそこにいた。

厚かましくも寝台に腰かけ、寝具の上に書類を撒《ま》き散らして眺《なが》めている。

近付きながらその書類の正体に気付いて、アイリーンは愕然《がくぜん》とした。

「何をしているの！」

切りつけるような鋭い声で叱責《しっせき》すると、ヴィルはにんまりと笑いながら顔を上げた。

「お帰り」

「それはお前が勝手に見ていいものじゃないわよ」

ヴィルが眺めているのは、アイリーンが目を通すつもりで置いてあった仕事の書類だ。

アイリーンは眦《まなじり》をつり上げて歩を進め、ヴィルの前まで行くとその手から書類をひったくった。

「お前は今、私に始末されても文句の言えないことをしているわ」

脅《おど》しではなく本心からの言葉だった。知られてはならないことを知られた場合、その相手を始末することは蝙蝠《こうもり》にとって是《ぜ》である。

けれどヴィルは飄々《ひょうひょう》としたものだった。

「部下が上司の仕事を把握《はあく》することに何の問題が？」

そう言って肩をすくめ、アイリーンのひったくった書類を指先でつまみ取った。

「これ、今地方の部下に調査させてる案件か？　その子爵《ししゃく》は白だよ。ただ、執事《しつじ》と家政婦が黒だ」

突然そんなことを言われ、アイリーンは怒りを忘れた。それは現在一番難航している案件だった。

「どういうこと？」

「前に会ったことがある」

「それだけ？」

「会えば分かるよ」

何でもないことのようにさらりと言われ、アイリーンはヴィルの直感力に関して祖父が言っていたことを思い出した。

「それは勘？」

「まあ、勘だ。でも――」

そこで少し間をあけ、ヴィルはにやっと笑った。

「外れたことは一度もないな」

虚勢《きょせい》――というにはあまりに気負いがなく、当たり前の事実を語るような自信が感じられる。だが今日会ったばかりの男の言葉を、はいそうですかと信じられるほど、アイリーンも純粋《じゅんすい》ではなかった。

「……潜入《せんにゅう》させている部下にその情報を伝えてみましょう。お前の言う通り調査に進展があれば、その勘は当たったということになるわね」

するとヴィルはからかうような笑みでこちらを見上げてきた。

「ずいぶん時間をかけていた案件みたいだが……それを嫌《きら》いな男の勘なんかで解決されたとなると、ずいぶん屈辱的《くつじょくてき》な気持ちになるんだろうな、あんたは」

そんなことを言われてアイリーンは呆《あき》れ果てた。この男は自分をどんな女だと思っているのだろうか？

「おかしなことを言うわね。お前の勘なんかで仕事が解決したら？　そんなもの、感謝するに決まっているわ」

感謝の欠片《かけら》も感じられない尊大な態度でアイリーンはきっぱりと言った。

その答えが意外だったのか、ヴィルは目を丸くした。

「男は嫌いよ。それでも仕事が出来るのなら重用するし感謝もするわ。尊敬も尊重もするし――私の人生に介入《かいにゅう》することを許すわ。何か問題がある？」

その最たる相手があの馬鹿兄である。あの大いなる欠点を抱《かか》える彼をアイリーンが今まで跡継ぎと認めてきたのは、それを補うだけの力量があったからに他《ほか》ならない。

「へえ……」

ヴィルは少し感心したようだった。そして突然くっくと楽しげに笑い出す。

「蝙蝠の仕事といってもこの程度かって、最近はもうあんまりやる気がしなくなってたんだけどな……少しやる気が出てきたよ。あんたはさすがにあの人の娘だ」

その言葉にアイリーンはぴくりと眉を動かした。

あの人の娘――？　ヴィルは確か四年半ほど前にラグランド家に来たと祖父が言っていたから、五年前に亡《な》くなった父のことではなかろう。だとしたら――？

「お前……まさかお母様にちょっかいを出しているのじゃないでしょうね。一応忠告しておくけれど返答には気を付けなさい。肯定《こうてい》したら舌を切り落とすわよ」

「そんなことを言われたらむしろ肯定したい気もするが、残念なことに否《いな》だ」

ヴィルは笑いながら舌を出した。

「ならいいわ」

と、アイリーンは腰に手を当てて言った。

「さっきの話に戻るわよ。仕事を進めて構わないわね」

拒否《きょひ》の言葉を受け付けるつもりなど微塵《みじん》もない事務的な確認をして、アイリーンは部下と連絡を取ろうと思案する。そんなアイリーンの姿を観察するように眺め、ヴィルは寝台の上に座ったままにんまりと笑った。

「仕事が上手くいったら、あんたは俺に感謝するのか？」

「そうよ」

「いいな、それ。あんたの感謝がどんな形をしているのか興味あるよ。もしもその言葉が本当だというなら、その証《あかし》にご褒美《ほうび》をくれないか？」

そんなことを言い出す。

「厚かましい部下ね。何がほしいの。現金？　それとも貴金属？」

アイリーンはいささか興ざめした心地《ここち》で聞き返した。そういう要求をしてくる者と信頼《しんらい》関係を結ぶことは出来ない。

しかし彼の答えはアイリーンの想像の斜《なな》め下を行っていた。

彼は愉快《ゆかい》そうに笑ったまま自分の頬《ほお》を何度か指差し、さらりと言った。

「ほっぺにキスで」

瞬間アイリーンは頭が真っ白になり、気付けば彼の胸倉をつかみ上げていた。

「ほっぺに紅葉の痕《あと》をつける——というのはどう？」

「うーん……まあ、それでもいい」

いいのか？　アイリーンは呆れて手を放した。

「……お前、何がしたいの」

何を考えているのかさっぱり読めない不可解な生き物を前にしている心地で、アイリーンはヴィルを睨《にら》む。何を言われても何をされても、そこに感情が透《す》けて見えない。

アイリーンが最も嫌う類《たぐ》いの男のように思えるのに……何かおかしい。

アイリーンの怪訝《けげん》な眼差《まなざ》しを受け流し、ヴィルは飄々とした態度を崩《くず》すことなく笑いかけてきた。

「あなたの感謝がほしいだけだよ。お嬢《じょう》さん」

胸に手を当ててにっこりと笑う姿は、非の打ちどころのない貴公子のようだというのに、その姿も、笑顔も、言葉も――すべてが偽物《にせもの》のように思えるのはいったいどういうわけなのか――

アイリーンは警戒心《けいかいしん》をわずかも緩《ゆる》めることなく、正体の知れない目の前の男を見つめ、覚悟《かくご》を決めてうなずいた。

「いいわ。仕事が上手くいったらお前の望むものをあげる」

第二章　乙女《おとめ》は秘密を覗《のぞ》かれる

ラグランド伯爵《はくしゃく》家には二百人を超える使用人がいる。

伯爵家の人間の世話や、広大な館《やかた》の管理、伯爵家の表向きの仕事である領地や農園などの管理、皆、己《おのれ》の役割を与えられて日々仕事に勤《いそ》しんでいるが、その中で『王家の蝙蝠』について知っている者は四分の一に過ぎない。

使用人のレティナはその内の一人である。

表向きはアイリーンお嬢様の世話係。しかしその裏では彼女の部下として密偵の仕事に関《かか》わっている。

主な役割は、アイリーンが館を留守にしている間、他の領地に派遣《はけん》されているラグランド家の部下達と連絡を取り合うことと、集められた情報の管理だ。

アイリーンにはレティナのような直属の女性の部下が何人かおり、それらは皆、訳あって表の世界で生きることが出来なくなった者達ばかりである。

レティナも五年ほど前アイリーンに救われた。

当時二十歳《はたち》だったレティナは何の希望もない世界と決別すべく橋から川へと飛びこ

んだのだ。周りには見ている者がたくさんいた。彼らの脳裏《のうり》に忌《い》まわしい記憶として残ればいいと荒《すさ》んだ当時のレティナは考えていたのだ。しかし、その考えはすぐさま川に飛び込んでレティナを助け出したアイリーンによって打ち砕《くだ》かれた。

生きていてくれてよかったと彼女は心底喜んだ。レティナが生きているという、ただそれだけのことを喜んでくれたのだ。レティナは心の底から感動した。こんな人がいるなら何の希望もないこの世界にもまだ生きる価値がある——と、感じるほどに。

アイリーンほど優しい人は他にいない。あの優しいお嬢様が心のままに生きられるよう、自分達は尽《つ》くすのだ。

そう思って生きてきたというのに、先日天地がひっくり返るような事態が起こってしまった。ラグランド伯爵が自分の直属の部下である男を、アイリーンの部下として付けたというのである。

はっきり言って気に入らない。害虫くらい気に入らない。

これはアイリーン直属の部下達の総意である。

ヴィルという名のその男は貴族の出で、レティナ達とは身分が明らかに違《ちが》っていた。

ラグランド家には貴族出身の密偵が何人かいるが、そういう者達はこの家の中でも特別で、表向き客人のような扱《あつか》いで過ごすこととなる。身分の低いレティナのような使用人は、彼らに対して礼を失してはならないのだ。

気に入らないその男に、レティナは毎日頭を下げなければならない。


レティナは注《そそ》ぎ口から細い湯気の上る白磁のティーポットと、あらかじめ温めた揃《そろ》いのティーカップ、それに焼きたてのクッキーをのせた木製のワゴンを押し、アイリーンの部屋の前に立つ。

ノックをして扉《とびら》を開けると、そこには敬愛すべきお嬢様が座っている。

レティナはその姿にうっとりと見入った。

彼女ほど美しい人は他にいない。その美しい人に仕えられることを許された自分の幸運を、レティナは毎日嚙《か》みしめる。

午前の柔らかい日差しが大きなガラス窓から差し込み、広い横長の部屋の中を明るく照らし出していた。

白を基調にした室内を見るといつも、清廉《せいれん》なアイリーンの心をそのまま表しているかのようだと思う。

レティナの敬愛すべき主《あるじ》は、窓の近くに置かれた丸い大理石のテーブルの横に優雅《ゆうが》な姿勢で腰掛けていた。

彼女が美しいのは生まれ持った容姿のせいだけではないと、レティナはいつも思うのだ。彼女を美しく見せているのはその心根と、それによって現れる表情や仕草なのである。レティナはいつものようにひとしきり主の美しさを堪能《たんのう》し、そこできゅっと眉《まゆ》を寄せた。

テーブルを挟《はさ》み、アイリーンの向かいには数日前から突然彼女の部下に任命された害虫――もといヴィルが座っている。

「お嬢様《じょうさま》、お茶をお持ちしました」

レティナはチッと舌打ちしそうな気持ちを抑《おさ》えこみ、無理矢理にこやかな笑みを浮《う》かべて主の傍《そば》までワゴンを押《お》してゆく。

「ありがとう。美味《おい》しそうな匂《にお》いがするわ。焼き菓子《がし》？」

アイリーンは顔を上げてこちらを向くと、優しい笑みを浮かべた。

それだけで、ささくれていたレティナの心はほっこりと温かくなる。

「アーモンドの粉がたっぷり入ったクッキーですよ」

笑顔で答え、ワゴンにのっていた菓子皿をテーブルの上に置く。小さくまん丸いボールのような形をしたクッキーに粉砂糖がまぶされていて可愛《かわい》らしい。

ぜひとも主に食べてほしいと思うレティナの前に無粋《ぶすい》な手がぬっと伸びてきた。

レティナが視界に入れまいと背を向けていたヴィルである。彼は無遠慮《ぶえんりょ》にクッキーをつまみ、主よりも先にぱくりと口に入れた。

「へえ、美味《うま》いな、これ」

感嘆《かんたん》の声を上げるヴィルにムッとしつつ、レティナはティーカップに紅茶を注いだ。

「食べてみな、お嬢」

クッキーが気に入ったらしいヴィルはそんなことを言って、あろうことか指先でつまんだクッキーをアイリーンの口元に差し出す。

「お茶をどうぞ」

と、レティナは額に青筋を浮かせつつ乱暴にティーカップを差し出した。

ぐらりと傾《かたむ》いたカップから湯気の立つ紅茶が零《こぼ》れる。

ヴィルが素早く手をどけると、一瞬前まで彼の手があった空間を熱湯が流れた。

「申し訳ありません！　ヴィル様、大丈夫でしたか？」

レティナはヴィルの腕をがしっとつかみ、ぐぐっと渾身《こんしん》の力を込めてアイリーンから遠ざけた。

「火傷《やけど》をしていたら大変です。今日はもうお部屋に戻《もど》って休まれたらどうでしょう。ぜひそうして下さい」

無理矢理笑みを浮かべて強く提案する。しかし、怒《いか》りに類する感情を覗かせるかと思った彼の表情は穏《おだ》やかだった。それどころか彼は、

「いや、大丈夫だよ。心配してくれたお礼にこれをあげよう」

などと言って、持っていたクッキーをレティナの口にひょいと押しこんだ。驚《おどろ》いてそれを噛んでしまい、サクサクとした軽い食感と共に粉砂糖の甘さが舌に広がる。

「美味いよね、これ」

彼は楽しそうににこにこ笑っていた。

別に何の勝負をしていたわけでもないのにレティナは敗北したような気分になり、黙って紅茶を注ぎ直してテーブルを片付けると、礼をして部屋を出た。

「お嬢、あなたはあれだな。気持ち悪いくらい女性に好かれてるな」

レティナが部屋を出て行くと、ヴィルはくっくと楽しげに笑いながらそんなことを言ってきた。アイリーンは紅茶のカップに口を付け、当たり前のように答えた。

「男に嫌《きら》われているのだから、女性には好かれてもいいのじゃない？　そうでなければ世の中の均衡《きんこう》が取れないというものよ」

「あんたは男に嫌われてると？」

「私は自分がどれほど男受けしない女か、よく理解しているわ」

時折仕事で出会った男から「あなたの豚《ぶた》にして下さい」などという意味不明な手紙をもらうことはあるが、おおむねアイリーンは男に好かれない。

ごく一部の例外を除いて――

アイリーンは目の前に座る男を薄眼で眺《なが》めた。

ヴィルがアイリーンの部下になって、三日が経《た》っていた。

彼の勘《かん》に基《もと》づいた情報を部下に伝達し、今はその結果を待っている最中である。

現在、他にアイリーンが抱《かか》えている緊急の案件はなく、表向きの仕事である農場経営などに力を入れようかと考える余裕《よゆう》があるくらいだった。

ヴィルはそんなアイリーンに付き従って、この三日間おとなしくしている。

「農場で新しく雇《やと》う人の面接を、ここでしようかと思っているのだけど、お前にも手伝ってもらおうかしら」

彼の直感力は使えそうだと考えて提案してみると、

「やる気がしないな……」

ヴィルは酷《ひど》くつまらなそうにそんなことを言う。

この言葉を、アイリーンはここ数日で彼の口から何度も聞いた。

本当に祖父の言う通り、ヴィルという男はその実力に逆らうかのごとく、とんでもなくやる気のない男であった。気が向いたことしかやろうとしない。

最初に会った日、自主的に仕事の書類を読んでいたのはかなり稀《まれ》な行動だったのだ。

しかし数日共にいるうち、彼が唯一《ゆいいつ》自ら行動していることがあると気付いた。

それは、アイリーンを観察することである。見つめているなどという可愛らしいものではない。彼はそれより遥《はる》かに能動的に執着《しゅうちゃく》的に、アイリーンの言動や表情を観察しているのだ。

初めは祖父から何か密命を受けているのかと訝《いぶか》りもしたが、それにしてはあからさま過ぎる。彼はアイリーンを観察する自分を隠《かく》そうとしていなかった。

この男はいったい何がしたいのだろう……？

アイリーンが険しい表情で考え込んでいると、部屋の扉がノックされて直属の部下の一人であるイザベラが入ってきた。

「お嬢様、現地からの報告書が届きました」

アイリーンはちらとヴィルを見やり、銀の盆《ぼん》にのせられて目の前に運ばれてきた書類を手に取った。イザベラが退室すると中を確認し、深く息を吐《は》いて椅子《いす》の背もたれに寄りかかる。そのまま黙ってその書類をテーブルに置いた。ヴィルが無言でそれを取り、アイリーンと同じように目を通す。そして軽く口角を上げた。

「俺の勘は外れなかったろ」

報告書には彼が言った通り、子爵《ししゃく》の無実および執事《しつじ》と家政婦の罪が記されていた。

難航していた仕事が数日で片付くという異例の事態。

この男の勘の鋭さが本物であると認めざるを得ない。

「で、ご褒美《ほうび》は？」

と、ヴィルは朗らかに笑いながら首を傾けた。

ぴくりとアイリーンの眉が跳《は》ねる。

「無理だというなら紅葉の痕《あと》をつけるのでも構わないけどな」

彼はそう言うと人差し指を上に向けて、ちょいちょいと呼び寄せるように動かした。

とりあえず腹が立ったので引っぱたきたい気持ちにはなったが、自分に都合が悪いからやっぱり聞かなかったことにしてくれ――というのは矜持《きょうじ》に反する。

「いいでしょう。こんなものが感謝の証《あかし》になるというなら受け取りなさい」

アイリーンは凛《りん》と背筋を伸ばして立ち上がった。

テーブルを回りこんでヴィルの隣へ行き、艶《つや》のある唇を頰《ほお》に触《ふ》れさせる寸前、彼はアイリーンの口を手の平で覆《おお》った。

「やっぱりいいや」

と、軽く言われ、アイリーンは次の瞬間ろくに思考を働かせることもなく彼の指を逆方向に捻《ひね》っていた。

「いぎっ……」

ヴィルは声を上げてアイリーンの手を振《ふ》り払《はら》う。

「お前……刻んで埋《う》めるわよ。要求してきた分際で、拒《こば》む権利があると思うの？」

頭のネジが怒りで数本ぶっ飛んでいたアイリーンは、ヴィルの襟元《えりもと》を手荒《てあら》くつかんだ。しかし、

「お嬢《じょう》さん、あんた男が怖《こわ》いんだろう？」

突然そう言われて硬直《こうちょく》する。そしてしばらく固まった後、ゆるりと手を放した。

なるほど、この男は本当に図抜《ずぬ》けた直感力の持ち主らしい。何年も共に暮らしてきた者達が誰一人気付かなかったことをわずか数日で見抜《みぬ》いた。

「私は男が嫌《きら》いなの。でも——そうね、子供の頃《ころ》はとても怖いと思っていたわ」

その答えを聞いて、ヴィルは探《さぐ》るようにアイリーンの目を覗《のぞ》きこむ。

「へえ……誰かに酷いことをされた？　心に深く傷を負うくらいに？　誰にも打ち明けられないくらい残酷《ざんこく》なことをされた？」

言葉の内容に反して彼の表情は穏やかだった。

アイリーンは馬鹿《ばか》馬鹿しいというように素っ気なく答える。

「……いいえ。きっととるに足りないつまらないことよ。女の子の幼稚《ようち》な思い出だと言われてしまうことくらい分かっているわ」

「なるほど、女の子の幼稚な思い出——ということは、見ず知らずの男に猥褻《わいせつ》行為《こうい》をされたとかではないな。相手は近しい間柄《あいだがら》の男——か？　あんたの頑《かたく》なな態度から考えるに、原因は一度の突発《とっぱつ》的な出来事じゃない、常習的な行動。近しい男というと、祖父……父親……叔父《おじ》……兄……従兄《いとこ》……兄か？」

微細《びさい》なまつ毛の震《ふる》えすら捉《とら》えようというように、まばたき一つせずこちらを覗きこんでくるヴィルの目を見返して、アイリーンはぞくりとした。

「ふうん……当たりか、兄だな？　誰もあんたの男嫌いの理由を知らないということは、誰も見ていない陰《かげ》で何かをされたか、或《ある》いは、はたから見ても危険を感じない程度の行為《こうい》だったかということだろうな。この間一度だけ会ったが、あの兄の性格から考えて後者だろう？」

どうだ？　と言わんばかりの笑みを浮《う》かべて、ヴィルはテーブルに肘《ひじ》を置き拳《こぶし》で頬《ほお》杖《づえ》をついた。

何だこの男は——？

単純な驚きが勝った。腰をぬかすかと思ったくらいに——

アイリーンは、一度は離した距離をぐっと詰《つ》めてヴィルをまじまじと眺める。

近付かれたことに面食らったのか、ヴィルはぱちぱちと何度もまばたきをした。

「お前——誰のことでもそんなに容易《たやす》く見抜くことが出来るの？」

「まあ、だいたいね。気味が悪い？」

「いいえ。すごいわ」

アイリーンは純粋《じゅんすい》に感心した。

「心の中をのぞかれて嫌じゃないのか？　普通は怒《おこ》ったり、恐《こわ》がったり、気味悪がったりするものだけどな」

「誰かに気味悪がられたの？」

「全員だよ」

と、ヴィルは笑いながら言った。その笑みの端に、最初に出会った時感じた虚無《きょむ》と同じものがちらと覗く。

「俺を知る人間は、みんな俺を厭《いと》うし、恐《おそ》れるし、逃げる」

アイリーンは彼の言葉を頭の中で繰《く》り返した。周囲の人達から厭われ続けた彼の半生を考える。そして言った。

「よかったわね」

　何でもないようなその相槌《あいづち》に、ヴィルは不可解そうな顔をした。

「だって、お前がそう望んだのでしょう？」

「何でそう思う？」

「お前ほど聡《さと》い男なら、誰の心にも触れずに生きることが出来たはずだもの。それなのに全《すべ》ての人から厭われていたというなら、それはお前が自ら望んでそう振る舞ったということなのでしょう？　違《ちが》うの？　言っておくけれど、違うというならお前を部下にすることは考え直すわ。人に嫌われる役割は私一人で間に合っているの。私が欲しいのは私に出来ないことが出来る人間よ。まあ、私は大抵《たいてい》のことを一人でやってしまえるけれど」

　ささやかな高慢《こうまん》さを纏《まと》わせるアイリーンを、ヴィルは疑うような瞳《ひとみ》で見上げた。

「……人の心の中を平気で覗き見るような人間を……あんたは欲しいと思うのか？　俺はあんたが誰にも知られたくないことだって暴《あば》き出すかもしれない」

　ゆっくりと確認するように聞いてくる。

「望むところよ。そんな稀有《けう》な能力を持つ人材ならば、ぜひとも欲しいわ。その力を私のために使いなさい」

アイリーンは真実からそう答えた。その瞬間、ヴィルの目の色が微《かす》かに変わった気がした。何だろう？　今までよりも光がよく反射しているような感じだ。目を見開いている……というわけではないようだが……

首を捻るアイリーンを見上げ、ヴィルは真顔で言った。

「お嬢、やっぱりあんたを好きになってもいいか？」

「……真面目《まじめ》な話をしているのだから真面目に聞きなさい」

真剣《しんけん》に話をしていたつもりだっただけにアイリーンは腹が立った。

「俺が真面目に話をしてるのに聞いてないのはあなたの方だ」

言われてアイリーンははたと怒《いか》りを引っ込める。

その口調に確かな本気を感じたからだ。

そこでアイリーンは初めて彼の言葉を真正面から考えてみた。

出会ってから今までに発せられた言葉の全てを思い返し、まさか……と思い至る。

「……お前……もしかして本気で言っている？」

「何で冗談だと思われてるのか分からないな。あんたを好きになりたいんだと何度言ったら伝わるんだ？　それを許してくれるなら、あんたのために何でもするよ。この世界にリボンをかけてあんたにあげてもいい」

アイリーンは愕然《がくぜん》としてよろめいた。さっきまで座っていた席に戻《もど》って座り直し、額を押さえる。

「……ちょっと待ちなさい。お前……自分が何を言ってるか分かっている？　世の中には可愛《かわい》い女の子がいくらでもいるというのに、よりによって何故《なぜ》私なの!?」

だが、アイリーンの驚愕《きょうがく》に対してヴィルは落ち着いたものだった。

「俺が出会った人間の中で、あんただけが俺を受け入れてくれる気がしたから。だからあんたを好きになりたい。それを許可してくれ」

じいっとこちらを見つめる瞳に、頼《たよ》りない子犬のような気配が宿る。

その姿を目《ま》の当たりにしてアイリーンはたじろいだ。

好奇心から荊姫《いばらひめ》に言い寄ってくる男達を、アイリーンはいつも冷たく切り捨ててきた。そこに本気はないと分かっていたからだ。

けれど今、目の前でアイリーンの許しを待っているヴィルを拒むことに生まれて初めて僅《わず》かな抵抗《ていこう》を感じている。それをすることに、まるで子犬を蹴飛《けと》ばすかのような罪悪感を覚えたからだ。

何故か追いつめられたような気持ちになりながら、アイリーンは僅かに目を伏《ふ》せ思案すると、彼の将来を真剣に考え決断を下す。

「ダメよ。許可しません。私を好きになることは許さない」

決然と顔を上げて真正面からヴィルを見据《みす》えた。彼はあんぐりと口を開ける。

「……お嬢《じょう》さん、あんたは酷《ひど》い女だな」

「そうね、私は酷い女だから、存分に嫌《きら》うといいわ」

これで問題は解決したというように、アイリーンは鹿爪《しかつめ》らしくうなずいた。

これが全ての始まりだったということに、この時の彼女はまだ気が付いていなかったのだ。


「アイリーン、あんたを好きになってもいいか？」

ヴィルはそれから毎日顔を合わせる度《たび》そう聞いてくるようになった。

「昨日のお嬢は許可しなくても、今日のお嬢は許可するかもしれない。何故なら人の心は変わるからだ」

それが彼の理屈《りくつ》である。

好奇心から言い寄られることはあっても、純粋に異性から好意を向けられたことのないアイリーンは困惑《こんわく》し、どう対処したものかと頭を悩ませながら、それでもどうにか彼の想《おも》いを退けた。

具体的には迫《せま》られる度にひっぱたき、蹴飛ばし、背負い投げを食らわせ、踏《ふ》みつけたわけだが、ヴィルは全く懲《こ》りることなく毎日イキイキとしている。

そして五日目の朝——

アイリーンは庭園の端に作られた薔薇《ばら》園にいた。民家一軒《けん》分の敷地《しきち》を背丈《せたけ》ほどある蔓《つる》薔薇の垣根《かきね》で囲み、門を備え付けた薔薇園である。中にはたくさんの株が植えられ、鉢《はち》植《う》えの薔薇もずらりと並ぶ。しかしまだ咲いているものはない。

薔薇園の端に置かれた籠《かご》の中から出した手袋をはめ、今年発芽させたばかりの小さな鉢植えの苗《なえ》が病気や虫に冒《おか》されていないか点検しているところに、ヴィルの呼び声が聞こえてきた。

「お嬢ー。お嬢様ー。アイリーン」

色々な呼び方で呼びながら近付いてくる。

「うるさいわ。ここにいるわよ」

アイリーンが素っ気なく答えると、ヴィルは薔薇園の門を開けて顔を覗かせた。

「こんなところにいたのか。何してるんだ？」

薔薇園の中を見回しながら入ってくる。

「手が空いていたから手入れをしていただけよ。薔薇の品種改良が趣味《しゅみ》なの」

「へえ……荊姫《いばらひめ》らしいな」

「そのあだ名は嫌《きら》いじゃないわ」

馬鹿《ばか》な男達の関心を引きながら接触《せっしょく》を拒《こば》む、格好の目くらましだ。

アイリーンが並んだ鉢の前にしゃがんで答えると、ヴィルが隣に腰を落とした。目の前の鉢を眺《なが》めてぽつりと言う。

「まだ蕾か……咲《さ》いてないとつまらないな」

アイリーンはじろりと彼を睨《にら》んだ。

「お前は無粋《ぶすい》ね……。確かに満開の薔薇は美しいわ。無事咲かせることが出来た安堵《あんど》もあるでしょう。けれど想像して御覧《ごらん》なさい。これだけの蕾が、ある時突然に咲き始めるのよ。いったい今までの沈黙は何だったのかと思うほど、朝と夜でもまるで姿が違っているくらいの速度で開くの。それは魔法《まほう》の瞬間よ。その魔法を想像する今が一番心躍《おど》る時だわ」

アイリーンは膨《ふく》らんだ蕾に手を伸ばし、そっと指を触《ふ》れる。

「魔法か」

と、ヴィルも同じように荊へと手を伸ばして苦笑《くしょう》を浮《う》かべた。

「あんたは——自分の人生に退屈《たいくつ》したことなんかないんだろうね」

「ないわね」

と、アイリーンは即答《そくとう》する。

「それは羨《うらや》ましいな。俺の世界は何もかもがつまらない。だから俺はいつも退屈な人生を送ってる」

ヴィルの表情から不意に色が消えた。

「生きることは退屈？」

「退屈だね。人の考えてることなんか手に取るように分かる。ほしいものを手に入れることなんか簡単だ。全部が思う通りに進み過ぎて、俺の世界は何もかもがつまらない。心が動くことなんて何もない」

そう言う彼の表情は若い男のそれではなかった。アイリーンは、五日前彼が全てに厭《いと》われ恐《おそ》れられ逃げられると言っていたことを思い出した。

「だから嫌われるように振る舞うの？」

アイリーンが尋《たず》ねると、彼はにこっと一見無邪気《むじゃき》に笑った。

「嫌われる方がまだ退屈を感じずに済むからね」

「嫌われる役割は私一人で間に合っているると言ったでしょう」

「俺を退屈させるしか能のない家族に俺を嫌うという役割を与えてあげたんだ」

それを聞いて、アイリーンは僅かに表情を強張《こわば》らせた。彼を厭っていたという人達の中に、彼の家族が含まれていたのだとはっきり知らされたからだ。

家族を悪しざまに言うヴィルにも、ヴィルにこんなことを言わせた彼の家族にも、同時に憤《いきどお》りを感じる。

するとヴィルは軽く笑い声を立てた。

「何であんたが怒《おこ》る必要があるんだ」

「私が何に腹を立てるかは私が決めるわ」

アイリーンは突《つ》っぱねるように言った。ヴィルは肩をすくめる。

「愛人の子供が疎《うと》まれるのはよくある話だ。本妻から見れば愛人の産んだ次男なんて邪魔《じゃま》なだけに決まってるしな。でも別に虐《しいた》げられたわけじゃない。ただ、みんな俺のことを恐れて、受け入れなかったというだけだ」

それを聞いて、アイリーンはふと疑問に思った。

愛人の産んだ次男――？　ヴィルはハインジャー子爵《ししゃく》家の五男だと、アイリーンは祖父からもヴィル自身からも聞いている。この食い違いはどういうことだろう？

ヴィルはアイリーンの疑問を流すように言葉を重ねた。

「血の繋がりなんてその程度だよ。特に貴族の家では。あんたみたいに家族に愛情を持ってる方が珍《めずら》しいのさ」

心中に隠《かく》していたものを見抜《みぬ》かれ、アイリーンははっとする。

するとヴィルは小さな笑みを口の端《はし》に浮かべた。

「お嬢、あんた――色々文句を言ってるけど、お兄様を愛してるだろう？」

アイリーンは瞠目《どうもく》してヴィルを見上げ、ふっと視線を落とした。

「そうね……結局のところ私が一番腹立たしく思うのは、男嫌いの原因であるあのクソ馬鹿お兄様を、私が死ぬほど大嫌いで――愛している――ということよ」

当の本人である兄ですら、自分が妹に愛されていると知らないだろう。別に知られたいとは思っていないから構わないが――

「それはどんな気持ちなんだろうな……」

ぽつりとつぶやき、ヴィルはこちらを覗《のぞ》きこんできた。

「俺は人に愛されたことも人を愛したことも、今まで一度だってなかったんだ。嫌いな人間にまで愛情を抱《いだ》けるというのは、どんな感覚なんだろうな。つまらない世界を少しはましにしてくれるのか？」

そう言ってどこか遠い目をする。

「ヴィル――」

アイリーンは思わず呼んでいた。

「お前は間違《まちが》えているわ。お前は世界がつまらないから人生が退屈だと言った。そうじゃないわ。全然違う」

「何が違う？」

本気で理解出来ていない様子のヴィルを、アイリーンは鋭く見据える。

「世界がつまらないから人生が退屈なのではなくて、お前がつまらない人間だから人生が退屈なのよ」

アイリーンは一刀両断するように言い切った。

ヴィルは目を丸くして固まっている。

アイリーンは語調の強さを保ったまま更《さら》に続けた。

「世界のせいではないわ。お前の家族とか、周りの人とか、育った環境《かんきょう》とか、そんなものはお前の人生を退屈にはしない。そんなものにお前の人生を揺《ゆ》るがすほどの力なんてないわ。お前の人生を退屈にするのはお前だけよ」

叱責《しっせき》するほどの強さで断言する。

ヴィルは凍《こお》り付いたままアイリーンを見つめていた。ややあって微《かす》かに口を開く。

「お嬢さん……」

「何？」

「抱《だ》き締《し》めてもいいですか？」

「は？」

一瞬からかわれたのかと思ったが、ヴィルの表情は真面目《まじめ》そのものである。

「……何故？」

「何故って……触《さわ》りたいと思ったから」

真顔で言われ、アイリーンはとっさに立ち上がった。するとヴィルも立ち上がる。

「冗談を言っているの？」

確認するように聞いてみるが、彼は軽く首を振《ふ》って距離を詰《つ》めてきた。

いつもなら、馬鹿なことを言うなと突っぱねるところだ。しかし、今まで誰にも受け入れられなかったという彼の言葉が頭をよぎり、拒否《きょひ》することが躊躇《ためら》われた。

アイリーンは何も言えず、思わず後ろへ下がっていた。その隙《すき》を逃《のが》すことなく、ヴィルは離れた距離を詰めるように足を進める。

追い詰められたようにどんどん後退し、とうとう薔薇の垣根に背中が触れて、それ

以上下がることが出来ないところまでアイリーンは追い込まれた。彼がこちらに手を伸ばしてくるのを見て、

「……私は……男に触られるのは嫌いだわ」

アイリーンはようやく目をつり上げて拒絶《きょぜつ》の言葉を口にした。

その途端《とたん》、ヴィルは動きを止めて佇《たたず》む。

彼はとても悲しそうな顔でじーっとアイリーンを見つめていた。

その姿はまるでおあずけを喰《く》らった大型犬のようである。

「どうしてもダメか？」

ヴィルはすがるように聞いてきた。

酷《ひど》くしょんぼりとしたその様子に、アイリーンは罪悪感を覚える。

この男は……何て卑怯《ひきょう》な男だ。

こんな迫り方をされたのは初めてだった。

この男は、弱さを武器にしてアイリーンに迫ってきた。

アイリーンは弱い者を切り捨てられない。

傷付いた者を放《ほう》っておけない。

すがってくる者を見捨てられない。

それを正確に見抜き、そこにつけこんできた。

今まで出会った他《ほか》の誰よりも卑劣《ひれつ》かつ的確なやり方で、彼は今アイリーンを籠絡《ろうらく》しようとしている。

アイリーンは男が苦手だ。だが、すがってくる相手を拒むことはもっと苦手だ。

「……そんなに私に触りたいの？」

「触りたい」

即答である。長い逡巡《しゅんじゅん》の末に、アイリーンは苦渋《くじゅう》の決断を下した。

「くっ……いいわ。触りたければ触りなさい」

途端にヴィルは子供みたいな笑顔になる。

そっと手を伸ばしてくるのを見て、アイリーンは身を硬《かた》くした。

許可を与えられた彼がいったいどんな風に触ってくるのか想像もつかない。

しかし、彼はひょいとアイリーンの手を取り、それ以上は何もしなかった。

少し温度の低い手でアイリーンの手を握《にぎ》ったまま、注意深く観察している。

アイリーンを怖《こわ》がらせたり不快にさせたりしないようにしているのだと分かった。

何だか大事に扱《あつか》われているのだと思えて、触られているのに嫌《いや》な感じはしない。

瞬間的《しゅんかんてき》に、彼はアイリーンが本当に嫌がることは決してしないだろうと思った。

「もっと触ってもいいけれど……」

アイリーンは思わずそう言った自分に驚《おどろ》く。

自分は今、この男に対する警戒《けいかい》を緩《ゆる》めたのだ。

するとヴィルはぱちくりとまばたきし、そろりそろりと手を伸ばしてアイリーンの頬《ほお》に触《ふ》れてきた。アイリーンがどんな反応をするのか、僅《わず》かも見逃《みのが》すまいとするようにひたと視線を据《す》えている。

彼の大きな手が頬から下がり首筋に触れたのを感じた瞬間、アイリーンはびくりとして反射的に拳《こぶし》を振るっていた。

その拳はヴィルのあごを打ち上げ、彼をよろめかせる。

「あ……ごめんなさい。やっぱり無理だったわ」

ヴィルはあごを押さえてしゃがみこんだ。

「お嬢……あんた、自分で触れと言っておいて、触ったら殴《なぐ》るのか……」

言われてアイリーンはたじろいだ。確かにこんな酷い話はない。

「悪かったわよ。けれどやっぱり、私は男に触られることが苦手みたいだわ」

腰に手を当ててそう言うアイリーンを、ヴィルは恨めし気に見上げていた。

「本当に腹が立つわ！　あの男――」

アイリーンの部下である使用人のレティナは、館の一階にある自分の部屋で床《ゆか》を歩き回りながら吠《ほ》えた。

そこそこの広さがある二人部屋で、レティナの他にもう一人、アイリーンの部下であるミランダが寝起《ねお》きしている。時刻は夜半で、そろそろ就寝《しゅうしん》の時間だ。

「お嬢様《じょうさま》の薔薇《ばら》園に図々《ずうずう》しくも入りこんだのよ！」

顔の手入れを終えたミランダは自分の寝台に腰かけて肩をすくめた。

「気にしなくても、あんな軽い男なんてお嬢様は相手になさらないわよ。万が一の時には私達の手であの男の息の根を止めて差し上げたらいいわ」

その答えにレティナはふんと鼻を鳴らす。

「やっぱりあなたも気に入らないんじゃないの」

「気に入るわけがないわ。あんな男に頭を下げなければいけないなんて反吐《へど》が出る」

冷ややかに言い捨てるミランダは、顔立ちが整っている分迫力《はくりょく》があった。

レティナも腹立たしい感情を吐《は》き出すように言った。

「あの男、お嬢様の優しさにつけこんでいい気になっているに違いないのよ。あの方の優しさは海より深いんだから。相手が大嫌《だいきら》いな男であっても、本質的なところでそれは変わらないわ。だからこそ、お嬢様のその優しさにつけこもうとしているあの男が許せないのよ」

ほとんど妄想《もうそう》の域でレティナは憤《いきどお》った。

「お嬢様は男が嫌いなんだから、無理に男の部下なんてつけなくていいのよ。男嫌いを直す必要だってないわ！」

ラグランド伯爵《はくしゃく》がアイリーンを後継者《こうけいしゃ》に望んでいることは皆の知るところとなっていた。ヴィルの存在がアイリーンの男嫌いを直すためのもので、その裏にはいつか婿《むこ》を取る未来が想定されているということは、容易《たやす》く想像がつく。

「けれど、あの男を相手にしているお嬢様は……何だか楽しそうなのよね」

ミランダはふいに声を低めてそんなことを言い出した。レティナはぎょっとする。

「どこがよ！　お嬢様はあの男を怒ってばかりだわ！」

「んー……私達と接する時のお嬢様は、いつも優しくてこちらを気遣《きづか》って下さるわ。でも、あの男と接する時は遠慮《えんりょ》がないように見えるのよ。お嬢様にとって必要なら、私はどれほど気に入らない男だって認めるわ。忌々《いまいま》しいことには変わりないけど」

「……私だって、お嬢様のためになるなら大抵《たいてい》のことは我慢《がまん》するわ。だけど、あの男は嫌よ。絶対に嫌！　お嬢様に相応《ふさわ》しいのは、完全無欠の王子だけよ！」

レティナが声を張り上げて力説すると、ミランダは吹《ふ》き出して笑った。

「私もそう思うわ」

笑いながらそう言って彼女は寝台に入る。

笑われたことにムッとしながら息をついて、レティナは喉《のど》が渇《かわ》いていることに気が付いた。興奮してしまったからだ。

生憎《あいにく》チェストの上に置いてある水差しの水は切れていた。レティナは水差しを取って寝間着《ねまき》のまま部屋を出る。

手燭《てしょく》と水差しを手に暗い廊下《ろうか》を歩いていると、廊下の向こうにふわりと何か動くものが見えた。

一瞬《いっしゅん》ぎくりとして足を止めると、その何かはこちらに向かって近付いてくる。

明かりが届くところまで近寄られて、レティナは喉の奥でげっと言ってしまった。

さっきまで部屋で悪《あ》しざまに言いまくっていた相手、ヴィルだった。彼はいつも着ている白いシャツと紺のズボンを身に着けて、レティナの前まで歩いてくる。すすっと道をあけるふりをして壁際《かべぎわ》まで離れると、ヴィルはすいっと距離を詰めてきた。

「こんばんは。水？」

と聞かれて手元を指され、レティナは無言で首肯《しゅこう》した。

「俺は部屋に戻《もど》るところだ」

と、彼は笑みを深めた。彼の与えられている部屋は一階の端にある客間の一つだ。

「そうですか」

「きみはさ……きみ達はさ……俺が嫌いだよね？」

突然そんなことを聞かれ、レティナはぎくりとした。先ほどまでの会話を盗《ぬす》み聞きしていたのかと、ありえない想像をしてしまう。どう答えたものかと顔を上げ、彼の表情を見てぞっとした。質問の内容に反してその表情があまりに穏《おだ》やか過ぎたためである。あまりに穏やかで感情が見えなくて、まるで人形のようだとすら思った。

「……どういう意味でしょうか？」

はいと答えることは無礼が過ぎるが、いいえと答えられるほど修行《しゅぎょう》の出来ていないレティナは曖昧《あいまい》に質問で返した。

「別に遠慮することはないよ。俺はきみ達に嫌われていることに関して、何も思っていないから。俺はきみ達に興味がないからね。どのくらい興味がないかというと、きみが今ここで血を吐きながら死んだとしても眉《まゆ》一つ動かさないだろうと想像がつくくらいに興味がない。だから安心して嫌ってくれていい」

軽く微笑《ほほえ》まれて益々《ますます》怖気《おぞけ》が立つ。これほどまでの美男子に微笑まれて背筋が寒くなるなど普通では考えられない。

「きみ達が俺を嫌いなのは、きみ達がアイリーンお嬢様を慕《した》っているから——だろう？　あの人の部下には男性不信の女性が多いな。きみもそう？　男に裏切られたり、騙《だま》されたり、暴力を振《ふ》るわれたりした経験が？」

「やめて！」

思わず鋭い声が出た。心臓がばくばくと音を立てている。

仮にもレティナは『王家の蝙蝠《こうもり》』の端《はし》くれだ。どんな場面でもどんな相手にでも冷静に対応する訓練を積んでいる。それなのに……この男の視線にさらされているということが恐《おそ》ろしくてならなかった。逃《に》げ出したいと本気で思う。

「いくら身分が違《ちが》うといっても、私の方が経験を重ねた先輩《せんぱい》よ！　あんたなんかに偉《えら》そうな口を利《き》かれる覚えはないんだから！」

恐怖が理性を追いやり、感情的に叫《さけ》んでしまった。

それでも虚勢《きょせい》を張り通し、レティナは彼を睨《にら》みつけてその横を通り過ぎようと足を進める。しかしその時、ヴィルが進路を塞《ふさ》ぐ格好で壁《かべ》にドンと手をついた。

その勢いにレティナはびくりとする。

「そんなに怯《おび》えるなよ。傷付くだろ」

　僅かも心を痛めてなどいないであろう薄《うす》ら笑《わら》いで、彼はレティナに身を寄せた。のど元に蛇《へび》の毒牙《どくが》が迫《せま》ってくるかのような恐怖が全身を支配し、レティナは息を詰《つ》めて硬直《こうちょく》する。

「思ったんだけど……先輩、あんたもしかして、犯罪に手を染めたことがある？」

　瞬間、レティナは頭の中で何かがガラガラと音を立てて崩《くず》れたのを感じた。全身にじわじわとその衝撃が伝わり、体が震《ふる》えはじめる。

「ああ、やっぱり当たりだ」

「何で……」

　何でそんなことを知っている――？

　彼の言う通り、レティナはここへ来る前、やくざ者に騙されて悪事に手を染めていたことがある。結局切り捨てられて、全《すべ》てを失って、川へ飛び込んだのだ。

　アイリーンにも誰にも、そのことは打ち明けていないのに――

「犯罪者の臭《にお》いがするから」

　ヴィルは耳元で囁《ささや》くように言った。その言葉が鋭い刃物《はもの》のように突《つ》き刺《さ》さる。

「誰にも言ってなかった？　知られたくなかったんだ？　言えば軽蔑《けいべつ》されると思った

から？　きっと大丈夫だと思うよ、素直に打ち明けたって。お嬢様は優しくあんたを許すだろう。気にすることないって言ってくれるさ。今までと何一つ変わらない笑顔を向けてくれるさ。あの人は優しいからな」

そうだ、アイリーンは優しい。きっと彼の言う通り、アイリーンはレティナを責めたりしないだろう。気遣って慰《なぐさ》めてくれるだろう。怖《こわ》がることはない。全てはもう終わったことだ。だけど——

「い、言わないで……」

気付けばレティナは喘《あえ》ぐようにそう言っていた。

「お願い……お願いします……誰にも言わないで……お嬢様に知られたくない。何でも……何でもするから」

震える声で懇願《こんがん》する。そんなレティナを、ヴィルは当たり前の光景を眺《なが》めるかのように穏やかな表情で見つめている。そして、優しく笑いかけながら言った。

「もちろん誰にも言ったりしないさ。俺はあんたの味方だよ」

瞬間ほっと力をゆるめかけたところに、彼はすかさず続けてくる。

「その代わり、あんたにも俺の味方になってほしい」

そんなことを言い出した。

「アイリーン・ラグランドの弱いところが知りたいんだ。彼女をよく知っているあんたに協力してほしい。あんたに悪いようにはしないよ」

　意味の分からない言葉を重ねられ、レティナは混乱する。

「何も考えず、ただうんと言ってくれればそれでいい。それで秘密は守られる」

　それは甘美《かんび》な毒にも似た悪魔《あくま》の囁きだった。恐怖と動揺《どうよう》で追い込まれ、まともな思考が出来なくなっていたレティナは、うなずいてしまいそうになる。

　しかし、敬愛する主《あるじ》の顔が脳裏《のうり》に浮《う》かび、レティナははっとした。

「嫌《いや》です。絶対に嫌！　お嬢様を裏切るなんて出来ない！」

　恐怖を腹の底へ抑えこみ、決然と顔を上げながら言い放つ。

　その途端《とたん》、ヴィルの発していた得体の知れない怖さが消えた。

　彼は驚《おどろ》いたように目を大きく見開いて、口を微《かす》かに開けていた。そのいかにも人間らしい様子が彼の怖さを消していた。

「絶対落とせたと思ったのに……珍《めずら》しいな、ここまでやって失敗するの。主が主だと部下も部下ということか。思い通りの反応が返ってこないな……」

　と、肩をすくめる。

「ああ、ごめんごめん。冗談だよ。心配しなくていいからね。きみの秘密を人に話したりはしないよ。約束するよ」

優しく言い聞かせるようにそう言って、ヴィルは壁から手を離し、レティナから少し距離をとった。圧迫感《あっぱく》がなくなってレティナはますます混乱する。

「何よ……何なのよ！　あなた何なの！　普通じゃないわよ！　どうかしてるわ！　お嬢様にそう報告するから！」

感情に任せて怒鳴《どな》るレティナを、彼はきょとんとした顔で見やる。

「別に構わないよ。俺はただ、好意を持った女の子のことをもっとよく知りたくて、使用人であるきみに手助けしてもらおうと思っただけのことだ。それをわざわざ人に伝えてきみに何の利益があるのか知らないけれど、伝えたければ伝えればいい。脅《おど》されたとでも言うつもりなら、必然的にきみは自分の過去まで話さないといけなくなるね。過去を晒《さら》してまで伝える価値があると思うのなら、ぜひとも報告すればいい」

日常会話の平坦《へいたん》さでさらりと言われ、レティナは血の気《け》が失《う》せた。

この男の言うことは正しい。今自分が感じた恐怖は、目の当《ま》たりにしたものでなければ感じることが出来ないだろう。誰に伝えたところで意味はないのだ。

「引き止めて悪かったね。気を付けて部屋まで戻りなよ。それじゃあおやすみ」

彼はレティナの敗北を悟《さと》ったらしい。

最後まで優しい笑みを浮かべたまま、廊下の向こう側へと去っていった。

一人になると、レティナは廊下にぺたりと座りこんだ。

レティナは今日まで人並み以上に苦労し、様々な人間を見てきた。ラグランド伯《はく》爵《しゃく》家の裏稼業《かぎょう》にもすんなりと馴染《なじ》んでしまうほどに。

けれど——あんな人間には今まで一度も会ったことがない。

いや、違う。あれは——あんなものはもう、人間ですらない。

人間をやめてしまった異質な何かだ。

レティナは身を震わせながら、いつまでもその場に座りこんでいた。

第三章　従者は裏切りを企《くわだ》てる

ヴィルがアイリーンの部下になって、瞬《またた》く間に一月が過ぎた。

その日も自室の隣にある仕事部屋で机についていたアイリーンは、昼を過ぎた頃ふと顔を上げた。

「ヴィルは？」

いつになっても姿を見せようとしない部下の男について、使用人のレティナに尋《たず》ねると、書類を整理していた彼女は表情を曇《くも》らせた。

「まだ、起きてこないようです」

彼がアイリーンの部下になってから、レティナの元気がない。

まさか彼女に対して不埒《ふらち》なことをしたとか、無理に言い寄ったなどということがあるのでは――と訝《いぶか》り、それとなく尋ねてみたことはある。具体的にはヴィルの腕を捩《ね》じり上げて詰問《きつもん》したのだが……しかし、そんなことはしていないという。

アイリーンはしばし黙考《もっこう》し、仕事部屋を出た。

廊下《ろうか》を歩いて一階に下りると、彼が寝起《ねお》きしている客間まで脇目《わきめ》もふらずに進む。

たどり着いて扉《とびら》を開けると、カーテンが閉まっていて薄暗かった。

カーテンを開け放つと高くなった日差しが入りこんできて部屋が明るくなる。

アイリーンの部屋よりはいささか狭《せま》いが、一人で寝起きするには十分な広さがある客間だ。家具は艶《つや》のあるマホガニー製で、上質なものが取り揃《そろ》えられている。

寝台の傍《そば》へ行くと、ヴィルが頭から布団をかぶって寝ているのが見えた。

「起きなさい」

ひとこと命じると、ごそごそと動く気配があった。

「……もっと優しく起こしてくれたら起きる」

と、くぐもった声が聞こえる。

「今すぐ起きなさい。永遠の眠りにつきたくないのならね」

アイリーンが最大級の優しさをもって再び命じると、布団がめくられて恨《うら》みがましい目つきをしたヴィルの顔が覗《のぞ》いた。

「やってほしい仕事があるわ」

「……やる気がしない」

「人は労働をして生きるものよ」

そう諭《さと》すと、ヴィルは不満げな顔のまま起き上がり、寝台の上で胡坐《あぐら》をかいた。

「おい、あんたは俺がいったいいつここに帰ってきたか知ってるか？　昨日の夜中だ。昨日というか、今日だな。そして報告書を作成し、さっき眠ったばかりだ」

「あらそう、ご苦労様」

「俺は正直、あんたの人使いの荒《あら》さに引いている。今までのらりくらりと適当に生きてきたこの俺が、ここまで働くはめになるとは夢にも思わなかった」

「だって、お前が頼《たよ》りになるのだもの」

「……で、次の仕事は何だって？」

何やら突然やる気を出したらしいヴィルは、のそりと寝台から出てきた。しわのついた寝間着《ねまき》姿でだるそうに肩を押さえている。眠《ねむ》たげにあくびをする姿を見てさすがに気の毒になった。

「しばらく寝ていていいわ。起きたら仕事部屋へ来てちょうだい」

「あんたの寝台で寝てもいいか？」

軽口を叩《たた》かれたアイリーンは靴《くつ》の踵《かかと》でヴィルの素足《すあし》の甲《こう》を踏《ふ》みつけた。

「私の耳がおかしくなったのかしら」

「でしょうね」

涙目になりながらヴィルは降参するように両手を上げた。

足をどけてやると、彼は力ないため息をついた。

「少しくらい褒《ほ》めてくれても罰《ばち》は当たらないと思うけどね」

「そんなに褒めてほしいの？」

少し馬鹿《ばか》にするような聞き方でアイリーンは尋ねた。

しかし彼は怒《おこ》るどころか真剣《しんけん》な顔でうなずいた。

「褒めてほしい。あんたはもっと俺に優しくするべきだ」

直球で要求してくる。その姿を見てアイリーンはふと思いついた。

「……ちょっと後ろを向きなさい」

指を振《ふ》って回転する様を表してみせると、ヴィルは警戒《けいかい》したように目を細めた。

「後ろから蹴飛《けと》ばすとかやめて下さいよ」

「私が後ろを向けと言ったら、黙って後ろを向けばいいのよ」

「はいはい、お嬢様《じょうさま》」

ヴィルは腹を括《くく》ったようで素直に後ろを向く。

その広い背中を眺め、アイリーンはご希望通り尻《しり》を蹴飛ばした。

結構な勢いで蹴飛ばされたヴィルは前に倒れかけて寝台に両手をついた。

「がんばって働いた男にこの仕打ちは……」

彼が体を起こしながらそこまで言ったところで、アイリーンはヴィルの背中に後ろから抱《だ》きついた。アイリーンは彼の背中をぎゅうっと抱き締め、

「よしよし、よく頑張《がんば》ったわ」

そう言って、すぐにぱっと体を離した。

ヴィルはしばらく放心し、はっとこちらを向いた。

「え……何？　今の何？」

「ご褒美《ほうび》」

「なるほど、今度は前からでお願いします」

などと、彼は戯《たわ》けたことを言って両手を広げた。アイリーンは淡々と告げる。

「私を喜ばせてくれたらね」

言いながら、己《おのれ》の変化を不思議に思った。

アイリーンが自分からヴィルに触《ふ》れたのはこれが初めてだった。

この一か月の間、アイリーンはヴィルに乞《こ》われて幾度《いくど》か体を触《さわ》らせている。

男に触られるなどこの世で一番嫌なことだと思っていたアイリーンだが、彼に触れられることに関しては不思議なほど嫌悪感がなかった。

アイリーンに触れる時のヴィルが限りなく慎重《しんちょう》で、こちらの感情の変化を決して

見逃《みのが》さないよう気を遣《つか》っているからだろうか？

最初に感じた通り、彼は決してアイリーンが本気で嫌がることはしなかった。怒《おこ》らせることは数えきれないほどするのだが、強引《ごういん》に触れたり過剰《かじょう》に接触《せっしょく》したりすることは絶対になかった。

その上、触れる度《たび》に嬉《うれ》しそうな顔をされるものだから、どうにも拒絶出来ない。

自分は相当この男に誑《たぶら》かされているようだ……それを認めながらも、アイリーンはこの一か月で彼を心から信頼する覚悟を決めていた。

好きになってもいいかという要求は断り続けているが、初めの警戒心はもう残っていない。しかも、ご褒美などという発想が自分の中から出てくるとは……

「お嬢さん……あんたは生まれついての誑《たら》しだな」

アイリーンが考えこんでいると、ヴィルは目を細めつつそう評した。

「それはまあ、ラグランド家の蝙蝠《こうもり》だもの。誑すことに長《た》けていなければ仕事は出来ないわ。でも、今は誰も誑してはいないわよ」

むしろ逆だろうと思う。

「よく言うよ」

と、ヴィルは肩をすくめた。

「まあいいや。それで、今日の仕事は？」

気分を切り替《か》えるように背伸びしながら聞いてくる。

「王女殿下《でんか》に言われていた、カルガロ公爵《こうしゃく》領の調査報告が来たわ」

「了解、着替えたらすぐに行く」

「待ってるわ」

アイリーンはひらりとスカートの裾《すそ》をひるがえしてヴィルの部屋を後にした。


アイリーンの仕事部屋は自室と違《ちが》って黒が基調になっている。仕事部屋に戻《もど》り、黒《こく》檀《たん》製の硬《かた》い机に座って調査報告書を読んでいると、部屋の扉がノックされた。

「遅いわよ」

という返事をすると、開いた扉から一人の男が入ってくる。しかし相手はヴィルではなく、兄に次《つ》いでアイリーンの男嫌《ぎら》いの原因となった、従兄のドードニオだった。

「……何の用？」

アイリーンは眉《まゆ》をひそめて問いかける。彼がこの部屋を訪ねてくるのは珍《めずら》しい。仕事で何かあったのだろうかと訝っていると、彼は無言で近付いてきた。

相変わらず気の強そうな顔をした男だ。彼は机を挟《はさ》んでアイリーンの前に立つと偉そうに腕を組んで口火を切った。

「アイリーン。あれからもう一か月以上経《た》つ。この家の将来についていいかげんはっきりさせるべきだ」

その高圧的な物言いが著《いちじる》しく癇《かん》に障《さわ》り、アイリーンはふっと笑って座ったまま両手を組み合わせた。

「何を言ってるのか理解出来ないわ。その頭には脳みその代わりに蛆《うじ》とかが詰《つ》まっているの？」

ドードニオはひくりと口元を引きつらせる。

「お前は本当に生意気な女だな。それでおじい様の跡を継《つ》ぐなんて出来るわけがない。おじい様は現実を見るべきだ」

アイリーンはため息まじりに肩を落とした。

「あなたを見ていると、やはり私が跡を継ぐしかないのだと思えてならないわね」

まごうことなき本心である。この男に比べれば兄の方がまだましだ。

「私も覚悟《かくご》を決める時が来たということなのかしら……」

あるいは自分が跡を継いだ後、親族の誰かを自分の後継《こうけい》に定めるなら、子を産まずともよいのかもしれない。そういう手を本気で検討してみようか……

あごに拳《こぶし》を当てて考え込んだアイリーンの前で、不機嫌顔のドードニオは馬鹿にしたように首を振った。

「話にならないな。女のお前が跡継ぎだなんて考えられない。全国に散っている何百人もの部下を束ねられると思うのか？　彼らはお前を拒否《きょひ》するに決まってる。女は男に嫁《とつ》いで、夫の言うことをおとなしく聞いていればそれでいいんだよ」

大仰《おおぎょう》な身振《みぶ》りをしながら彼は酷《ひど》く侮蔑《ぶべつ》的な発言をする。

「もっとも、お前みたいな可愛《かわい》げのない暴力女を嫁にもらおうなんていう男はそうそう現れないだろうよ。一人で歳《とし》をとっていく姿が目に浮《う》かぶようだ」

そこで彼はふと目を逸《そ》らし、ごほんと咳払《せきばら》いした。

「まあ……だが何だ。それもあまりに気の毒だしな。俺だって従妹《いとこ》が一人さびしく過ごしているのを見たいわけじゃないし……ほら、あれだ……ごほん！　どうしても嫁ぎ先が見つからなくてお前が困っているっていうなら、これが一番丸く収まる方法だと思うし……げほん！　俺がもらってやっても……」

時々咳払いしながら言葉を重ね、とうとう最後には聞こえないくらいになって宙に掻《か》き消えた。何だか妙《みょう》に顔が赤い。病気か？

「何が言いたいの」

どこまで見下せば気がすむのだろうかと、アイリーンはほとほと呆《あき》れ果てる。

「私の邪魔《じゃま》をするしか能が無いなら消えてくれないかしら」

「お前は……本当に話の通じない女だな！」

何故《なぜ》かドードニオは突然怒り出した。

「あなたの話が回りくどいのよ！　率直に言いなさい！」

アイリーンも目を鋭くつり上げて声を張った。

「なら単刀直入に聞く！　お前、俺が嫌いか！」

「嫌いよ！」

ズバッと答えたその瞬間、ドードニオはよろめいた。

「お……俺だってお前なんか嫌いなんだよ！」

「知っているわよ。本当に邪魔だから消えなさい。へし折るわよ」

冷ややかに言い捨てるアイリーンの目の前で、ドードニオは怒りに身を震《ふる》わせている。毎度毎度勝てもしない喧嘩《けんか》を売ってくる意味が分からない。彼の思考はあまりにも愚《おろ》かし過ぎて、アイリーンの想像の限界を悠々《ゆうゆう》と超《こ》えているのだった。

アイリーンが従兄に冷たい視線を向けて口を閉ざしていると、視界の端――開かれたままになっている扉《とびら》の向こうに、佇《たたず》んでいる人物を捉《とら》えた。そちらに目を向け、

「ああ、遅かったわね」

声をかけた相手はヴィルだった。

何だかいつもと違うあまり色のない表情でこちらをじっと見ている。

「人使いの荒《あら》いあんたのためにここまで振り回されてるんだから、少しは思いやりのある言葉をかけてほしいけどね」

無感情に言いながら部屋に入り、すたすたと歩いてくる。ドードニオは振り返って彼の姿を眺《なが》め、怪訝《けげん》な顔をした。顔を合わせたことがなかったのだろう。

「誰だきみは？」

じろじろと無遠慮《ぶえんりょ》に眺めまわして尋《たず》ねた。

問われたヴィルはドードニオに答えるどころか一瞥《いちべつ》もくれず、彼の隣を通り過ぎて机を回りこみ、アイリーンの傍《かたわ》らまでやってきた。

そして突然何の脈絡《みやくらく》もなく、後ろからのしかかってくる。彼が無断でそんなことをしてくるのは初めてだった。

「……な……何をやってるんだ貴様は！」

ドードニオがヴィルを指差しながらすごい怒声《どせい》を発した。

「何の真似《まね》なの？」

アイリーンは首を巡《めぐ》らせて尋ねる。

「……何となく、ひっつきたいと思ったから」

答えるヴィルがどこととなくぼんやりとした顔つきをしているのが、横目で見えた。

「冗談じゃない！」

と怒鳴《どな》ったのはドードニオである。

「おじい様が部下につけたという男はお前か!?　おじい様は何を考えているんだ。正気の沙汰《さた》とは思えない。俺がお前をどこかへ飛ばすよう直訴《じきそ》してやる！」

アイリーンはむしろ彼の意味不明さにこそ呆れた。どうしてドードニオが怒《おこ》る必要があるのか全く理解出来ない。情緒《じょうちょ》不安定が過ぎる。

しかし彼はアイリーンの思いになど気付きもせず、憤慨《ふんがい》した様子で部屋をどすどすと出て行った。たぶん祖父のもとへ向かったのだろう。アイリーンが説得出来なかったものを彼が説得出来るとは思えないから、無駄足《むだあし》に終わるだろうが……。

そこでヴィルはアイリーンから離れた。やはりどこかいつもの彼と違う。

「お嬢、あんた……嘘吐《うそつ》きだね」

彼は唐突《とうとつ》にそんなことを言った。何がと聞き返すより早く、先を続ける。

「あんた、今の男を嫌いじゃないだろう？」

「は？　嫌いに決まっているわ。何を言ってるの。馬鹿《ばか》なの？」

アイリーンは思い切り顔をしかめた。

ヴィルは気味が悪いほど無感情な瞳《ひとみ》で腕組《うでぐ》みし、こちらを見下ろしている。

「なるほど、嫌いなのは嘘じゃない。でも──愛してはいる？」

「……そうね、死ぬほど嫌いだけれど愛してはいるわ」

取り繕《つくろ》ったところで見抜《みぬ》かれるに決まっているのなら、否定する意味はない。

アイリーンはラグランド伯爵《はくしゃく》家に連なる全《すべ》ての者に愛情がある。それは相手が嫌いな男であれ同じことだ。嫌悪と愛情は同時に発生することをアイリーンは誰よりよく知っている。

その答えにヴィルは目を眇《すが》めた。何だか怒っているように見える。何を考えているのだろうかと推測し、もしやと思った。

「……お前……もしかして焼きもちをやいている？」

人からそんな感情を向けられたことのないアイリーンは、疑いながらも聞いてみる。

「そうだと言ったら、ご機嫌を取ってくれる？」

彼は試《ため》すように聞き返してきた。アイリーンは数拍《すうはく》思案して答える。

「いいえ、そんなことはしないわ。私が誰を愛するかは、お前の機嫌に左右されることではないもの」

益々《ますます》機嫌を損ねるかと思ったが、ヴィルはその答えを聞いた途端《とたん》にやりと笑った。

「簡単に籠絡《ろうらく》出来るんじゃないかと思う瞬間もあるのに……本当にあんたは俺の思い通りにならないね」

何やら楽しそうだ。図《はか》らずも機嫌は直ったらしい。

「今日はこれから王女殿下がお見えになるわ」

アイリーンは仕事の話題に切り替える。

「同席しなさい。それまでに報告書に目を通しておいて」

机に置いてある封筒《ふうとう》に入った書類を彼の方へ差し出すと、ヴィルは素直にそれを受け取った。


一時間としないうちにロザリー・クイン王女は館を訪ねてきた。アイリーンはいつもの通り美麗《びれい》な装飾《そうしょく》の施《ほどこ》された応接間で王女を出迎《でむか》える。

ふかふかの長いソファに、アイリーンはヴィルと並んで腰かけた。

向かいに座る王女は、きらきらと輝く瞳で彼の方を興味深そうに眺めている。

「紹介《しょうかい》します。この者は、このたび私の部下になりました、蝙蝠《こうもり》の一員です。以後、お見知りおきください」

「まあ、ふふふ。このように魅力的《みりょくてき》な殿方《とのがた》がずっと傍《そば》にいるなんて、さすがのあなたでも緊張《きんちょう》するのではありませんか？」

王女は胸の前で両手を柔らかく合わせ、愛らしく微笑《ほほえ》んだ。どこが魅力的な殿方で、何がさすがのあなたなのか知らないが、とりあえずアイリーンは答えておく。

「有能な男ですから重宝しています」

王女は驚《おどろ》きに目を見張って笑みを深めた。そしてヴィルの方を向く。

「驚きました。ねえ、あなた。これは誇《ほこ》らしく思っていいことなのですよ。彼女が男性を褒《ほ》めるなど、そうそうあることではないのですから。あなたは女性と接することに長《た》けた方なのでしょうね」

するとヴィルは王女の笑顔に合わせてにこりと笑いかけた。

「そうですね。こう見えても女性の扱《あつか》いは得意な方だと思いますよ。あなたといると別の意味でドキドキする——とか、よく言われます」

ぬけぬけとそんなことをほざく。

「その調子で彼女のこともドキドキさせて差し上げて」

「お任せ下さい」

「下らない冗談はさておき」

と、アイリーンは話に割って入った。

「今日お呼び立てしたのは、以前伺《うかが》ったカルガロ公爵《こうしゃく》領の件で現地の密偵《みってい》から報告が上がってきたからです」

王女はすっと真面目《まじめ》な顔になり、膝《ひざ》の上に重ねていた両手に力を入れた。

「聞きましょう」

「一か月間密偵が領地の中を探《さぐ》った結果、さらわれた娘を乗せた馬車がカルガロ公爵の城へ入って行くのを確認したそうです」

行方《ゆくえ》不明になったほかの女性達も、全員同じように公爵の城へ連れ去られた可能性がある。

失踪《しっそう》ではなく誘拐《ゆうかい》——

王女はすぐに反応することなくしばしのあいだ沈黙《ちんもく》した後、ぽつりと言った。

「……カルガロ公爵はわたくしの叔父《おじ》です」

「もちろん存じております」

「女性達の失踪の噂《うわさ》は、カルガロ公爵領に遊びに行った妹から聞いたものでしたが……まさかこんな結果になるとは思いませんでした。王族に連なる者が民《たみ》を誘拐しているなど、あってはならないこと。詳しく調査して真実を突《つ》き止めてください」

王女は悲しげに眉尻《まゆじり》を下げてそう命じた。

「承知しました」

アイリーンは厳粛《げんしゅく》にその命を受ける。

傍らで、ヴィルは何の興味もなさそうに一つあくびをした。


「カルガロ公爵の城で来月夜会が開かれる予定があるわ。そこに潜入《せんにゅう》します」

王女が帰り、仕事部屋に戻《もど》ったアイリーンは窓際《まどぎわ》に立って逆光の中宣言した。

「あんたが？」

後に続いて部屋に入ってきたヴィルが聞いてくる。

「毎年この時期に開かれる恒例の夜会で、今までに何度も招待を受けているわ。応じたことはないけれど。荊姫《いばらひめ》に興味があるのでしょうよ」

名前が知られているということは、不便もあるが役に立つことも多い。

「もちろんお前にも同行してもらうわ」

「夜会か……俺はたぶんあんたの役に立てると思うよ。カルガロ公爵の夜会なら、王立学院時代の学友が集まってる可能性がある」

アイリーンは思わず目をしばたたく。

「お前……王立学院に通っていたの？」

「昔ね」

ヴィルは底の見えない薄笑《うすわら》いを浮《う》かべた。

アイリーンは無言で訝《いぶか》る。ラグランド伯爵家に借金をするような子爵《ししゃく》家の息子が、貴族の中でも一握《ひとにぎ》りの者しか通えない王立学院に通えたとは思えないのだが……

自分はこの男の素性《すじょう》を本当に正しく認識《にんしき》しているのだろうかと疑問が湧《わ》いた。

じっとヴィルを見据《みす》えてみるが、彼は顔色一つ変えずに見つめ返してくる。

アイリーンは答えの出ない疑問をよそへ追いやり、目の前に迫《せま》る仕事の準備に意識を切り替えたのだった。


それから一月後。万全の準備を済ませたアイリーンは、出発の日を迎《むか》えた。

身支度《みじたく》を整えたアイリーンが身に着けているのは、普段《ふだん》よく着る縞《しま》模様の外出着と、袖《そで》や裾《すそ》にレースをあしらった薄手《うすで》の茶色い外套《がいとう》。同行するヴィルは、襟《えり》と袖だけが黒に近いこげ茶でその他は茶色い朱子織《しゅす》の外套を着こみ、黒いズボンと黒い革靴《かわぐつ》を身に着けていた。

付き添《そ》うのは部下のレティナである。普段はアイリーンの外出に同行しない彼女だが、ヴィルと共によその領地へ行くと聞くと、自分が同行すると言いだしたのだ。

革のトランクと共に四頭立ての箱馬車へ乗り込み、三人はラグランド家を出発した。

ラグランド伯爵家の領地はウィスタン王国の王都南側に隣接《りんせつ》する。領地自体はさほど広くないが、土壌《どじょう》は豊かで川にも山にも恵《めぐ》まれている。それに何より道が平坦《へいたん》でよく整備されており、他のどの領地へも移動しやすいという利点がある。

これから向かうカルガロ公爵領は、王都の西方に位置する広い領地だ。馬車でおよそ三日の距離。気候の穏《おだ》やかな季節ということもあり、特に大きな問題もなく馬車はカルガロ公爵の城がある城下町へとたどり着いた。

まだ太陽が頂点にも達していない頃、馬車は城下町にある宿屋の前に停《と》まった。かなり大きく上質な貴族御用達《ごようたし》の宿屋で、アイリーン一行はここへ宿泊《しゅくはく》する予定になっていた。

のんきに寝こけているヴィルを馬車に残し、レティナとアイリーンは速《すみ》やかに馬車から降りると、宿屋の一室へ通された。

そこには十人程の男達が待っていた。皆、宿屋の雰囲気《ふんいき》に相応しくきっちりとした格好をしている。上品に飾《かざ》られた広い部屋の真ん中にあるテーブルを囲んで座っている男達は、二人が入ると厳しい目付きで睨《にら》んできた。

「お嬢様《じょうさま》、彼らが現在この領地に潜入している蝙蝠です」

レティナが前に出て男達を示した。

男達は緩慢《かんまん》な動作で立ち上がり、アイリーンに視線を据《す》える。

部屋の一番奥にいた男――ひげを蓄《たくわ》えた目付きの鋭い壮年《そうねん》の男が他の者達の後ろから前に出てくる。彼は裕福《ゆうふく》な商人風の上質な衣装を身に纏《まと》っていた。

「久しぶりですね」

アイリーンは男に声をかける。男はランディゲイルといい、アイリーンの父が亡《な》くなるまで父の補佐《ほさ》を務めていた腕利《うでき》きの蝙蝠だ。父の死後館を離れ、全国に支店を持つ商人として商売を営むかたわら、密偵としての活動を行っている。

「この度《たび》の件ですが――」

「その前に」

と、ランディゲイルはアイリーンの言葉を遮《さえぎ》った。

「アイリーンお嬢様がお館《やかた》様の跡《あと》を継ぐと伺いました」

「祖父はそう考えているようですね」

「私は反対です」

即座《そくざ》に言われてアイリーンは返す言葉を失った。アイリーンは昔から彼に対して敬意を持っている。丁寧《ていねい》な言葉遣《ことばづか》いをするのはその表れだ。

「それは——私が女だからですか？」

アイリーンは一考して尋《たず》ねる。ランディゲイルは揺るぎのない態度で答えた。

「確かにラグランド伯爵《はくしゃく》家の当主は責任の重い役割です。女性には耐《た》えきれないこともあるでしょう。しかし、私が反対する理由はそこではない。私が反対するのは、あなたの資質に疑問を感じるからです」

「ランディゲイル殿《どの》！　お嬢様に無礼が過ぎますよ！」

そこでレティナが目を三角にし、ランディゲイルに噛《か》みついた。しかし、

「黙っていろ、小娘」

鉛《なまり》のように重く低い声に圧倒《あっとう》され、彼女はたちまち言葉を失う。アイリーンはレティナの肩を優しく叩《たた》くと、彼をひたと見つめ返す。そして僅《わず》かに首を傾《かたむ》けた。

「私の資質に疑問があるということは、私が女であることとは違《ちが》う問題なのですか？」

「大いに違います」

「……そうですか」

つぶやいて目を閉じると少しの間黙考《もっこう》し、アイリーンはすっと目を開いた。

「あなたの考えは分かりました。しかし、あなたが今言うべきことはそのようなことではありませんね。私は私の役目を果たすため、あなたはあなたの役目を果たすため、今ここに集まっているのです。ならばそのために必要なことを、あなたはまず言うべきではないのですか？」

左手で右の肘《ひじ》を抱《かか》え、右の拳《こぶし》をあごに当てて促《うなが》すように尋ねる。そして、

「もう少し噛み砕《くだ》くならば、そんな下らないことを言っていないで、さっさと調査内容を報告しなさい――ということです」

居丈高《いたけだか》にそう続けた。ランディゲイルは険しい顔でアイリーンを睨む。両者が無言で睨み合っていると、許可なく部屋の戸が開いた。

「お嬢、何故俺を置いて行く」

不満げに言いながら入ってきたのはヴィルだった。

ランディゲイルは彼を見た瞬間顔色を変えた。思いもよらない相手が突然目の前に現れたと言わんばかりの表情だった。しかし、対するヴィルは彼を一瞥《いちべつ》すると何の興味もないというように視線を外し、アイリーンに向き直った。

「目が覚めたら馬車に一人置き去りにされているという状況がどれだけ悲しいか、あんたも一度味わってみるといい」

激しくどうでもいいことに憤《いきどお》りつつ、文句を言ってくる。

「俺がいないと淋《さび》しいから、一緒《いっしょ》に来いと言ったくせに」

そう言いながら彼はアイリーンに横から抱《だ》きついてきた。

そんなことは言っていないと思いながら、アイリーンは彼の肋骨《ろっこつ》に人差し指の関節をえぐりこませる。

「邪魔《じゃま》しないで。後で相手をしてあげるから少し黙っていなさい」

前屈《まえかが》みで胸を押さえて呻《うめ》いているヴィルを放置し、アイリーンはランディゲイルに向き直る。すると彼はどういうわけかぽかんとした顔をしてヴィルを見ていた。しかしアイリーンの視線に気づくとすぐにこちらと目を合わせ、険しい表情に戻る。

そして傍《かたわ》らに立っていた部下らしき男に目くばせをした。部下の男はテーブルに置かれていた書類を取ってその紙面に視線を落とす。

「最初の失踪が報告されたのは五か月前です。パン屋の娘が夜一人で配達に出て、そのまま行方知れずに……」

男は硬質《こうしつ》な口調で報告を始めた。

「失踪時の目撃《もくげき》情報はありません。最初の一か月で十人が……その後は一月におよそ二人ずつ、女性が行方《ゆくえ》不明になっています。その全員がこの城下町に暮らしている者達で、若い女性という以外に特別な共通点はありません」

そこで彼は顔を上げた。

「我々が調査を始めたのが二か月前ですが、調査開始から二十二日目の深夜に女性が誘拐《ゆうかい》される場面を目撃しました。自宅へ帰る途中と思わしき女性の後ろから男が近づき、当て身を食らわせて意識を奪《うば》い、裏通りに停めてあった馬車に押しこんで、そのままカルガロ公爵《こうしゃく》の城へ入って行くところを確認しています」

そこまではアイリーンがここへ来る前に受けた報告と同じである。更《さら》に彼はカルガロ公爵家の家族構成や、失踪《しっそう》事件が繰《く》り返されている街の様子などを説明した。

「それから一月以上経《た》ちますが、あれ以降失踪した女性はいません」

そう締《し》めくくる。

「そうですか……」

真剣な表情で考え込むアイリーンに、ランディゲイルが言った。

「我々の調査で分かったことは以上です」

「分かりました。報告ご苦労様」

「では、失礼」

ランディゲイルは素っ気なく言って、部屋から出て行く。他の者達も彼の後に続き、部屋にはアイリーン達だけが残された。


「出かけてくるわ」

彼らがいなくなると、アイリーンはくるりと振《ふ》り返りながら言った。

「どちらへ？　お嬢様」

と、レティナが聞いてくる。

「調査がてら街の散策を」

「お嬢さん、蝙蝠《こうもり》が時間をかけて何も進展しなかった捜査《そうさ》を、あんたが夜会までの数日で進めるつもりか？」

ヴィルが咎《とが》めるではなくからかうような口調で聞いてきた。

「まさか。この短期間で新たな証言や失踪した女性達の手掛《てが》かりなど見つけられるわけがないわ。私という蝙蝠の役割はそういうものではないのだから」

「へえ、あんたの役割って？」

「ラグランド伯爵令嬢《はくしゃくれいじょう》――という立場をもってしか入れない場所へ潜入《せんにゅう》して情報

を得ること」

ランディゲイル達が唯一《ゆいいつ》調査出来ていない場所が、カルガロ公爵の私有地——つまりカルガロ公爵の城である。

「その前提として距離感《きょりかん》をつかんでおきたいの。馬車に乗って誘拐を繰り返したであろう犯人が、どの程度の距離をどのように走ったのか、街の距離感が知りたいのよ。実際見てみなければ、どんな街で事件が起こったのか分からない」

「なるほどね」

「お前も来る？」

聞かれたヴィルは少し思案するように間をあけて答えた。

「面倒《めんどう》くさいからいいよ」

アイリーンは面食らう。彼が無類の面倒くさがりであることは分かっているが、それでもアイリーンが行くところへなら問答無用でついてくるはずだと思っていた。

「お嬢様、私がお供いたします」

レティナが久々に弾《はず》んだ声で申し出る。

「……そうね、ついて来てちょうだい。じゃあヴィル、おとなしく待っていて」

「分かってるよご主人様、早く帰ってきて」

ヴィルは忠犬のように答えた。

アイリーンはレティナを連れて部屋を出た。

馬車で街中を回り、唯一の目撃現場から公爵の城までの道のりをたどってみる。

人通りの多い商店街で馬車を降り、いくつかの店に入って買い物がてらそれとなく女性達の失踪について尋ねてみた。微妙《びみよう》な違いはあれど、皆反応は恐怖や不安に類するものばかりであり、それらは調査内容と合致《がつち》していた。

そして宿屋へ戻《もど》ると――そこにヴィルはいなかった。


宿屋を出たランディゲイルは、その後すぐに自分の店へと戻っていた。

ランディゲイルは表向き、国中にいくつもの店を持って各地を飛び回っている。本拠地《ほんきよち》は王都だが、現在は調査のためにカルガロ公爵領にある店へ逗留《とうりゆう》していた。

店で働く多くの者が、ランディゲイルの目的が諜報《ちようほう》活動であることを知っている。各地を移動するのに商人の立場は都合がいい。使用人達は優秀《ゆうしゆう》な密偵として働いてくれている。しかし、ランディゲイルの裏にラグランド伯爵家という『王家の蝙蝠』が存在することを知るのはごく一部の者だけだ。

だから店に戻って一息ついていたランディゲイルは、ラグランド伯爵家の人間だと名乗る男が訪ねてきたと突然知らされ、少なからず動揺した。

驚きを隠《かく》して店頭へ顔を出すと、そこにはさっき別れたばかりの男、ヴィルが立っていた。ランディゲイルは彼を知っている。かつて仕えていた亡き主《あるじ》が五年前に、自分の反対を無視して裏の世界へ引っぱりこんだ少年だ。いや、今はもう少年とは言えまい。

「何の用だ」

ランディゲイルは自室に彼を通し、咎めるように聞いた。

ラグランド伯爵家の名を出して会いに来るなど不用意にもほどがある。

「あんたと話がしたくて」

壁《かべ》に寄りかかって腕を組み、彼は軽い調子で答える。

「何を話したいと？」

ランディゲイルはソファに腰かけ、前屈みになって手を組み合わせた。

声に警戒心《けいかいしん》が宿るのを感じて顔をしかめる。

ランディゲイルはこの男がただの優男《やさおとこ》ではないことを知っていた。

「ランディおじさん」

と、ヴィルは気安く呼んできた。

「あんた、アイリーンの何が気に入らないの」

「……お嬢様《じようさま》に味方するよう説得しにきたのか」

「いや、全然」

さらりと言われてランディゲイルは面食らった。ヴィルは肩をすくめて続ける。

「あんたに彼女の味方をしてほしいとか全然思ってないから安心しなよ。どちらかというと俺は、世界中の人間が全《すべ》て彼女の敵になればいいと思ってる。そういう意味で、俺とあんたは分かり合えると思わない？」

ランディゲイルがぞっとしたのはその内容ではなく、内容に反して彼の声があまりに穏《おだ》やかだったからだ。

「分かり合えないか……残念だな」

と、ヴィルはつぶやきながらこちらへ近付いてきた。

「そりゃそうだ。分かり合えるわけないよな。あんたはお嬢の敵ではないものな」

そう指摘《してき》されて、ランディゲイルの指先がぴくりと反応する。

ヴィルはにこにこと愛嬌《あいきよう》のある笑みを浮《う》かべて、ランディゲイルの目の前に立った。

「面倒だなあ……あんたみたいなやつがお嬢の味方だと……。俺はあの人の味方とは、残念ながら分かり合えない。あの人の味方は全員俺の敵だよ」

「……お前、何を企《たくら》んでいるんだ」

ランディゲイルは動揺《どうよう》を隠してヴィルを見据《みす》えた。ヴィルは軽やかに言う。

「ランディおじさん。アイリーンお嬢様に良い跡継《あとつ》ぎになってほしい——とか、思うのやめてくれないか」

「私は、お嬢様が跡継ぎに相応《ふさわ》しくないと考えて……」

「嘘《うそ》だね」

ランディゲイルの言葉はあっけなく遮《さえぎ》られた。

「あんたはお嬢が可愛《かわい》いんだ。大事な主の忘れ形見である彼女を捨て置けない？　あ……やっぱりね。だから厳しくするんだ？　女である彼女が上に立てば攻撃《こうげき》するのも出てくる——なんて、簡単に想像がつく。だから代わりに自分が厳しくすることで、お嬢を守ろうとしてる？」

笑みの形に歪《ゆが》められた口元が酷く不気味に見える。ランディゲイルは背筋に冷や汗《あせ》が伝うのを抑《おさ》えられなかった。

「あんた本当は、他の誰よりお嬢に期待してるだろう？　……本当に邪魔だ」

「アイリーンお嬢様はお前に触《ふ》れられることを厭《いと》わなかったな」

ランディゲイルはとっさに先程の光景を思い出し、そう言っていた。

ヴィルは一瞬《いっしゅん》きょとんとし、苦笑《くしょう》した。

「いや、指ねじこまれたし。あの人は男に触《さわ》られるの嫌《きら》いなんだよ」

「いいや、お嬢様はお前の接触《せっしょく》を許していた。お前のような聡《さと》い男が気付いていないはずはない。なのに何故、お前がお嬢様の敵であるかのようなことを言うんだ」

鋭い声で問い質《ただ》すと、ヴィルはくっと笑った。

「ランディおじさん、俺が怖《こわ》い？」

不意に聞かれてランディゲイルは返す言葉を失った。

「俺のことが気持ち悪い？」

絶句しているランディゲイルを見て、ヴィルは笑みを深めた。

「気にすることはないよ。あんたの反応は普通の人間のそれだから。あんたが臆病《おくびょう》なわけでも狭量《きょうりょう》なわけでもないから安心していい」

そんな言葉で安心出来るはずもなく、ランディゲイルは凍《こお》り付く。

「仕事の邪魔《じゃま》して悪かったね。とにかく俺が言いたいのは、あんたがお嬢の味方である限り、俺はあんたの敵にならざるを得ないということだ。そんなのはつまらないと思わないか？　ランディおじさん、仲良くしようよ」

仲良く——という言葉にここまでの悪意を感じたことはない。ランディゲイルは、ぎりと歯嚙《はが》みして聞き返した。

「嫌だ——と言ったら？　お前はどうする気だ？」

「そうだな……あんたの大事なお嬢様に酷《ひど》いことをする——と言ったら信じる？」

問いかけに対して返ってきた言葉は、この上なく醜悪《しゅうあく》な問いかけだった。そんな言葉をどうしてそこまで穏やかに吐《は》けるのか、ランディゲイルには理解出来ない。端整《たんせい》な顔立ちに浮かぶ微笑《ほほえ》みをまるで悪魔《あくま》のようだと感じる。

「答えられないならいいよ。じゃあ、そろそろ帰るから」

そう言ってひらりと手を振《ふ》り、ヴィルはランディゲイルの部屋から出て行った。

極寒の中に放《ほう》り込まれたかのような寒気を感じてランディゲイルは身震《みぶる》いする。

ふと、五年前アイリーンの父親がつぶやいた言葉を思い出していた。

かつて主と慕《した》ったアイリーンの父は、幼くして世界の退屈《たいくつ》を悟《さと》ったような少年を目《ま》の当たりにし、ランディゲイルに言ったのだ。

『なあ、ランディ。あの可哀想《かわいそう》な子を助けてやりたいと思わないか？』

その結果がこれか——!?

ランディゲイルは後悔《こうかい》に身を浸《ひた》し、いつまでも立ち上がることが出来ずにいた。

無断で宿屋から姿を消したヴィルが戻ってきたのは、日が暮れてからだった。

「言い訳を聞きましょうか」

肘掛《ひじか》けのない椅子《いす》にゆったりと腰かけて足を組み、アイリーンは帰ってきたばかりのヴィルを睨《にら》んだ。部下のレティナはちょうど席を外している。

ヴィルはどことなく疲れた顔で、ぼんやりと入り口近くに突《つ》っ立っていた。

「どうしたの？」

異変を感じ取ってアイリーンは尋《たず》ねた。

ヴィルは無言でのそのそ歩いてくると、椅子のすぐ隣に座りこむ。

アイリーンは傍《かたわ》らにある哀愁《あいしゅう》を帯びた背中を見下ろした。

何だろう、このいじけた大型犬は。

「お嬢《じょう》、俺を怒《おこ》ってる？」

彼はそんなことを聞いてきた。

「当たり前でしょう。お前、仕事を何だと思っているの」

仕事中に無断でいなくなるなど考えられない。しかし正当な理由があるならまず聞こうかと考え、先の台詞《せりふ》を放ったのである。

ヴィルは片膝《かたひざ》を立てて椅子の側面に背を預け、こちらを見上げてきた。

「お嬢、俺のこと怖い？」

あまりにおかしなことを聞かれ、アイリーンはぽかんとしてしまった。

「お前のどこが怖いというの。『お前』と『怖い』の間を結びつける線など存在しないわよ。昔のお兄様の方が怖かったわ。馬鹿《ばか》は行動が読めないから」

するとヴィルは無言で手を伸ばし、アイリーンの膝《ひざ》の上に拳を置いた。拍子《ひょうし》を刻むようにぽくぽくと膝を叩《たた》く。意味不明だ。

「何？」

「……お嬢、俺を気持ち悪いと思う？」

「……何かあったの？」

いささか心配になって聞き返す。勝手にいなくなっていたあいだ女性に声をかけて、気持ち悪いと言われたりしたのだろうか？

「見知らぬ男に馴《な》れ馴れしくされることを気持ち悪いと思う女性がいるのは当然よ。礼を失した男が全てにおいて悪いわ。次に声をかける時はそこに注意なさい」

アイリーンはヴィルの頭をよしよしと撫《な》でてやった。

彼はアイリーンの手をつかみ、白い手の平に自分の口を付ける。

「あんたがどう思ってるかを聞きたいんだ」

「私？　別に気持ち悪いとは思わないわ」

アイリーンが正直に答えると、彼はアイリーンを見上げて微《かす》かに笑った。そして、アイリーンの手を痛いくらいに強くつかみ直す。

「だったらお嬢、俺が……あんたに酷いことをしたら……どうする？」

「酷いこと？」

アイリーンはまばたきしながら聞き返す。

ヴィルは暗く空虚《くうきょ》な瞳《ひとみ》でじっとこちらを見上げていた。

彼が――アイリーンに――酷いことをしたら――？

それを真剣《しんけん》に想像し、アイリーンは熟考した。かなり長いこと考え、もはや無視しているとさえ言えるほどに長い沈黙が過ぎたあと、アイリーンは口を開いた。

「……お前はしないでしょう」

それ以外の答えは出てこなかった。

「私自身は今まで人に酷いことというのをされたことがないと思うけれど、酷いことをされて深く傷付いた人ならたくさん見てきたわ。私の周りにいるのは、時が経《た》っても塞《ふさ》がらない傷を負った人達ばかりよ。酷いことというのは、つまりそういうことでしょう？　だとしたらお前はしないわ」

絶対的な確信をもって答えたアイリーンを見上げ、ヴィルは大きく目を見開いた。一瞬何か叫《さけ》びだしそうに口を開き——けれども言葉を発することなく、手を握《にぎ》ったまま力が抜《ぬ》けたかのようにアイリーンの膝へことんと頭をのせてくる。顔を横に向けてこちらを見上げ、彼はこぼすように言った。

「お嬢……」

「何？」

「一緒《いっしょ》に寝ようか？」

聞かれた瞬間、アイリーンは彼の額を思い切り平手ではたいていた。小気味のいい音がしてヴィルの額にくっきりと赤い手形が付く。

「真面目《まじめ》に話しているのだから、ふざけるのはやめましょうよ」

「いや、変な意味じゃない。ただ、何か今こう……ぶわあああっと………頭が沸《わ》いた感じがしたんだ。何だ今の……」

ヴィルは頭を起こして不思議そうに額をさすっている。

「……何なんだろうな……あんたは……。何であんたみたいな人が俺の前に現れたんだろう……」

「逆よ。お前が私の前に現れたんでしょう?」

「違《ちが》うよ。あんたが俺の前に現れたんだ」

そう言って彼はいつもと何一つ変わらない顔で笑った。その笑顔の裏側で何を考えているのか——アイリーンには察することが出来なかった。

第四章　お嬢様は夜会へ出向く

夜会までの三日間、アイリーンはカルガロ公爵《こうしゃく》の周辺を探《さぐ》りながら過ごした。しかし城内に不審《ふしん》な馬車が出入りする気配はなく、夜会の当日を迎《むか》えた。

選んだドレスは紺色《こんいろ》の生地《きじ》に星のような真珠《しんじゅ》をちりばめた夜会服だ。袖《そで》は二の腕《うで》の途中までしかなく、肘《ひじ》から先に長いレースの手袋をはめる仕様になっている。一方ヴィルは、飾《かざ》りボタンのついた光沢《こうたく》のある黒い上着と、灰色のズボンという出《い》で立ちだ。両者共に抑《おさ》えた色味の服を着ているのだが、中身が無駄《むだ》に派手で目立ってしまう。

身支度《みじたく》を終え、アイリーンはヴィルと共に馬車でカルガロ公爵の城へ向かった。

城は街を貫《つらぬ》く大通りの先に構えられていた。

高い城壁《じょうへき》に囲まれた大きな城の様子を観察し、やはりここへ密偵《みってい》を入りこませるのは至難の業《わざ》だとアイリーンは考えた。だからこそ自分が来たのだ。

アイリーン一行の乗った馬車は跳《は》ね橋を渡り、城壁を通り抜けた。

城の正面玄関で馬車は停止する。二人は馬車から降り、開け放たれた大きな入り口から城の中へと入った。

そこは呆《あき》れるほどに美しく装飾《そうしょく》された煌《きら》びやかな世界だった。

広い玄関ホールは煌々《こうこう》と明かりが灯《とも》され目がくらむほどに明るく、何人もの着飾った使用人達がずらりと並んで二人を出迎《でむか》える。しかし夜会の会場へ案内される前に、

「あ、手袋を忘れた」

ヴィルが自分の両手を見下ろしながら言った。

「取ってくるから先に行っててていい」

と、馬車置き場へ歩いていく。

アイリーンは仕方なく、一人夜会の会場へと向かった。会場となっている広いホールは完全に開放されていて、招待客は誰でも好きに出入り出来る形となっていた。

アイリーンは注目を浴びないよう静かにホールへ足を踏《ふ》み入れる。

ホールの中はひときわ明るかった。何百人もの人々が集まっており、輪を作って談笑したり、好きな飲み物に口を付けたりしている。辺り一帯に楽団が奏《かな》でる音楽が鳴り響き、ホールの中央にはダンスを踊《おど》る人達の姿もあった。

アイリーンは人の群れの中をすいすいと進む。

主催《しゅさい》者であるカルガロ公爵はこの会場に来ているだろうか？

アイリーンは先だって部下から受けた報告を思い返す。

カルガロ公爵は強引《ごういん》な性格で、独善的な執政《しっせい》を行う人物だという。

しかしここしばらく表に出てくることがないらしい。

多くの愛妾《あいしょう》がいるというのも有名で、妾《めかけ》との間には何人もの娘がいるが、正妻との間には息子が一人いるだけだという。

夫とは対照的に、正妻はたいそう出来た人であると評判で、穏《おだ》やかで人柄《ひとがら》がいいと街の民達は口をそろえて言った。

その正妻がここにいてくれれば都合がいいと考え、アイリーンが会場を見回した時、

「おや、荊姫《いばらひめ》ではありませんか」

すぐそこにいた男がアイリーンに気付いた。振《ふ》り向くと、見覚えのある男が上っ面《つら》の笑顔でこちらに近付いてきた。以前別の夜会で会った貴族の息子である。

「久しぶりですね、僕のことなど忘れてしまいましたか？　僕はあなたを忘れられず、今でも胸がうずきますよ」

白々《しらじら》しいことを言う男をちらと見やり、アイリーンは冷ややかに切り返した。

「うずくのは足の間違《まちが》いでは？」

思い切り踏みつけて足の骨にひびを入れたのだから、そちらの方がよほど痛んだに違いない。指摘《してき》されて彼はひくりと口元をひきつらせた。

そこに彼の友人らしい貴族の子弟が集まってくる。

「やあ、あなたが噂《うわさ》の荊姫？　どれほど恐《おそ》ろしい女性かと思えば……何とも麗《うるわ》しい乙女《おとめ》じゃないか」

彼らは好奇《こうき》の色を瞳に乗せて無遠慮《ぶえんりょ》に眺めまわしてきた。端から順に張《は》り倒《たお》してやるからそこへ整列しろと思いつつ、アイリーンが彼らを追い払《はら》おうとした時、

「アイリーン様!?」

甲高《かんだか》い声が会場に響《ひび》いた。その声に反応して周囲の女性達がざわめく。

「え？　アイリーン？」「うそ、アイリーンお姉様？」「アイリーン様だわ！」

黄色い声は瞬《また》く間に辺りへ伝播《でんぱ》した。色取り取りの花のように着飾った可憐《かれん》な乙女達が一気に集まり、アイリーンを囲んでいた男性陣《だんせいじん》を猪《いのしし》の如《ごと》き勢いで弾《はじ》き飛ばす。

「まさかこんなところでお会い出来るなんて！」

「言ってくれればよかったのに。アイリーンお姉様が来ていると知ってたら、もっと素敵なドレスを着てきたわ」

「ねえ、今度うちへ遊びに来てくれる約束を憶《おぼ》えていらっしゃる？」

きゃあきゃあとはしゃぎながら頰《ほお》を朱《しゅ》に染め、我先にと話しかけてきた。

弾き出された男性達は、その様子をぽかんとして眺《なが》めるばかりである。

アイリーンは娘達を順繰《じゅんぐ》りに見やり、天使のように優しい微笑《ほほえ》みを浮《う》かべた。

「私も会えて嬉《うれ》しいわ」

すると一際《ひときわ》黄色い歓声《かんせい》が上がり、失神寸前の少女まで現れた。

「お姉様、再会の記念にキスして下さい！」

一番近くにいた年下の少女が目を輝《かがや》かせて真剣に懇願《こんがん》してくる。アイリーンは苦《く》笑《しょう》しながらも彼女の頬に唇をつけた。途端《とたん》に周囲から絶叫《ぜっきょう》が上がる。

「ずるいわ！　私も！」「私もお願いします」

と、他の娘達に詰《つ》め寄られ、アイリーンは笑顔で彼女らの頬にキスをする羽目になった。「本当に久しぶりね」とか「元気にしているかどうかずっと気になっていたのよ」とか「お父様のお仕事はその後いかが？」とか、一人一人に話しかけながら。

「ところで、主催者のカルガロ公爵はおいでなのかしら」

一通り談笑した後、アイリーンは優しい笑みを浮かべたまま、傍《かたわ》らでうっとりとこちらを見つめている娘に尋《たず》ねた。

「公爵閣下は近頃《ちかごろ》体調が思わしくないとかで、欠席なさっているようですの」

最近表に出てこない理由はそれかと、アイリーンは納得する。カルガロ公爵の体調不良と少女達の誘拐《ゆうかい》事件――何か繋《つな》がりがあるのだろうか？　アイリーンが僅《わず》かに表情を引き締《し》めると、娘は意気込んで続けた。

「でもでも、その代わりに公爵閣下のご子息が夜会を取り仕切っておられましたわ」

カルガロ公爵の息子――アイリーンは再び公爵家の家族構成を思い出す。息子は正妻との間に生まれたたった一人の子であり、いずれは公爵家を継《つ》ぐ予定の男だ。

アイリーンが真剣《しんけん》な表情で考えていたその時、女の子達の輪の向こうから一人の男が近付いてきた。気付いた娘達が道をあけ、男の姿がはっきりと見える。

金に近い栗色《くりいろ》の髪と薄い水色の瞳《ひとみ》を持つ、豪奢《ごうしゃ》な衣装を纏《まと》った若い男だ。格好も顔立ちも華《はな》やかで、人目を引く容貌《ようぼう》をしていた。男は人当たりのいい笑みを浮かべてアイリーンの目の前まで歩いてくる。

アイリーンは笑みの一片すら浮かべることなく、凛《りん》と背筋を伸ばして真正面から男と対峙《たいじ》した。爽《さわ》やかな笑みを浮かべているその男の年齢や容貌や周囲の態度から、彼がカルガロ公爵の子息であろうと推測する。名前は確か――

「スタン・レイ・エリントンだ。来てくれてありがとう。噂の荊姫にぜひ会いたいと思っていたんだ。これほどまでに美しい女性だなんて思ってもいなかったよ」

にこにこと笑いながら言われ、アイリーンは言葉を返す。

「褒《ほ》めてくれなくて結構です。毛虫に褒められて喜ぶ女はいませんから」

それが荊姫として相応《ふさわ》しい返答だ。

アイリーンの名を知っていて招待する者は、大抵《たいてい》荊姫について様々な想像を膨《ふく》らませている。気位が高く、男嫌《ぎら》いで、言葉に鋭い棘《いばら》がある、高慢《こうまん》な令嬢《れいじょう》。彼らはそういう荊姫を見物したくて招待するのだ。

だからアイリーンは彼に対しても遠慮《えんりょ》なくそのように振る舞った。

スタン・レイは一瞬目を丸くして、爽やかな笑みを浮かべた。

「噂通りの辛辣《しんらつ》さだね。僕の周りにそんな女性はいないから新鮮《しんせん》だな」

「ああそう……ところで公爵閣下がご病気と伺《うかが》いましたけれど」

アイリーンは彼の言葉を冷たく流して話を振った。不快な様子を見せるかと思ったスタン・レイは悲しげに表情を曇《くも》らせた。

「ここ半年ほど体調を崩《くず》していてね、母もずっと父に付き添《そ》っているんだけれど、あまりよくないようだ」

「そう……それは残念です」

アイリーンは微《かす》かに視線を落として思案する。

「招待して頂いたお礼を言いたいのですが、お見舞《みま》いに伺っても構いませんか？」

顔を上げて尋ねると、スタン・レイは驚いたようにまばたきした。

そして優しく微笑み、アイリーンの手を両手で握《にぎ》ってきた。

「そんなことを気にすることはないよ。今年の夜会は父の代わりに僕が任されているから。それよりせっかく出会えたんだ。きみといろいろ話をしてみたいな」

その瞬間、アイリーンの全身に鳥肌が立った。相手を殴《なぐ》り飛ばしたい衝動《しょうどう》と、来た早々暴力沙汰《ざた》を起こしてはまずいという理性がせめぎ合いを起こし、体が硬直《こうちょく》する。

周りで見守っていた女の子達がきゃーっと悲鳴を上げた。

「きみと仲良くしたら、他の女の子達に嫌われてしまうかもね」

含《ふく》み笑《わら》いで言いながらも、彼はアイリーンの手を放そうとしなかった。

ぞわぞわと全身を毛虫が這《は》い回るような嫌悪感。それは以前の仕事でテミス伯爵《はくしゃく》に手を撫でまわされた時の比ではなかった。爽やかな人当たりのいい好青年を装っているが、この男に触《ふ》れられるのは気持ちが悪い。

「大丈夫《だいじょうぶ》かい？　顔色が悪いな」

スタン・レイは心配そうにアイリーンの顔をのぞきこんできた。

感情のままに動いてしまいそうになる体を必死に抑える。調査が終わるまでは我慢《がまん》しなければ……。全身を強張《こわば》らせてうつむいているアイリーンを見て、スタン・レイは何を思ったのか突然肩を抱《だ》いてきた。

「そんなに緊張《きんちょう》しなくても大丈夫だよ」

と微笑む。そこが限界だった。

衝動が理性を超《こ》えて拳《こぶし》を握りしめたその時——

「楽しそうだな、スタン」

低く穏やかな声が聞こえた。

アイリーンとスタン・レイが同時に声の方を向くと、いつの間に現れたのか、アイリーンを取られて悔《くや》しそうにしている娘達にまじってヴィルが立っていた。

口角を上げて一見楽しげにスタン・レイを見ているが、その目は笑っていない。

スタン・レイは一瞬《いっしゅんほう》呆けた顔をした後、突然わなわなと震《ふる》えだした。

「ヴィルヴォード！　お前……生きていたのか!?」

女性達に弾き飛ばされて輪の外に追いやられていた若い男達も、顔色を変えてヴィルを注視していた。

「え？　ヴィル？」「ひいっ……ヴィルだ！」「ぎゃあああ！　許して！」

彼らはたちまち取り乱し、辺りは騒然《そうぜん》となる。

アイリーンはスタン・レイに肩を抱かれたまま怪訝《けげん》な顔をした。会場にはヴィルの学友がいるかもしれないとは聞いていたが、こんな反応をするなどとは聞いていない。

「懐《なつ》かしいなあ。久しぶりの顔ぶれだ。王立学院をやめて以来だから、五年振《ぶ》りか」

ヴィルは楽しそうに笑いながら、カツカツと靴音《くつおと》を響かせて歩を進める。それと共にアイリーンに触れるスタン・レイの手が、緊張で硬《かた》くなってゆくのが分かった。

「あの頃《ころ》は毎日楽しかったたな。憶えているか？」

ヴィルが近付くにつれ、スタン・レイの顔は青ざめてゆく。

「何だよ。再会を喜んでくれないのか？　昔はあんなに仲良くしてたじゃないか」

作り物みたいな笑みを浮かべ、ヴィルはスタン・レイの目の前に立った。そして蛇《へび》に睨《にら》まれた蛙《かえる》よろしく固まっている彼の手からアイリーンを奪《うば》い取り、自分の後ろへ隠《かく》す。ヴィルの背中を見上げ、アイリーンは肩の力が抜《ぬ》けるような気がした。

「今は俺、ラグランド伯爵家で世話になってる。つまりこのお嬢様《じょうさま》は、俺の恩人の縁者《えんじゃ》ということになるんだが……そのお嬢さんにお前は何をしようとしてたんだ？」

ぞっとするようなヴィルの冷たい笑みが、辺りの空気を凍《い》てつかせる。

スタン・レイは青い顔のまま笑みを返してみせた。

「別に何もしていないよ」

「だよなあ……お前の好みは年下の気が強い女じゃなくて、年上の優しい女性だものなあ。例えばあの――」

「なっ……そのことはっ……」

「大丈夫だよ、言うわけないだろ？　俺達は親友じゃないか。だから、彼女に手を出したりするなよな」

ヴィルは子供を諭《さと》すように優しく言い聞かせる。

「この人は俺のだ。だからお前に触《さわ》る権利はないよ」

そう言われて一番ぎょっとしたのはアイリーンだった。

ヴィルは朗らかな笑みを浮《う》かべて周囲を見回した。

「だから誰もこの人に手を出すなよ。そんなことをしたら、俺――お前らを殺すかもしれないよ」

その言葉を聞き、周りにいた男達は蒼白《そうはく》になった。ヴィルはぐるりと彼らを見やるが、誰一人言葉を発するものはいない。

ヴィルはそれを確かめるとアイリーンの手を引っ張って、驚《おどろ》いている人々の間を通り、悠々《ゆうゆう》とホールから廊下《ろうか》へ出ていった。

人もまばらな廊下の端まで来ると、ヴィルはアイリーンの手を放す。

「遅れてごめん」

そう言われた瞬間、アイリーンは彼に助けられたのだと自覚した。

もう少し遅かったら、アイリーンはきっとあの男を殴っていた。

助けを望んだ時に助けられたことは、今までのアイリーンの人生にないことだった。

「……遅いわ。もっと……早く来てくれればよかったのに」

思わずそんなことを言っていた。

「え？」

ヴィルが意外そうな顔をする。アイリーンも自分で驚いていた。

どうして自分は今こんなことを言ったのだろう？

一瞬《いっしゅん》混乱し、頭の中にいくつかの光景が浮かんだ気がしたが、それははっきりと形になる前に掻《か》き消えてしまった。

いや、今はそんなことを考えている場合ではない。

「あの男が王立学院時代の友人なの？」

アイリーンは頭を切り替《か》えて本題に入った。

「ああ。あいつとはよく一緒《いっしょ》に行動してたんだ。周りにいたのもみんな同級生だよ。懐かしいな。みんな俺のためにずいぶん色々やってくれたからな」

くっくと楽しげに笑っている。

穿《ほじく》り返すと不健全な話が出てきそうで、アイリーンはそこをつつくことはやめた。

「とにかく片《かた》っ端《ぱし》から情報を集めましょう。カルガロ公爵《こうしやく》に近付くのは難しそうだから、まずは息子に接触《せっしょく》して女の子達の失踪《しっそう》に関《かか》わっていないか探《さぐ》ってちょうだい」

「了解。で、あんたは？」

「この城に入れるのは今夜限りだから、隅々《すみずみ》まで探ってみるわ」

「疑われないか？」

「家を取り仕切るのは女性の仕事よ。女性相手のしくじり方なんて知らないわ」

「なるほど。女を誑《たら》しこもうというわけか」

アイリーンは軽く微笑《ほほえ》んだ。

「そういうことよ。息子の方は頼んだわ」

「了解」

にんまりと笑う彼に背を向け、アイリーンは廊下を歩いていった。


イライラする……

カルガロ公爵の子息スタン・レイ・エリントンは、夜会の途中で会場を後にし、城の一角にある自室でぐるぐると歩き回っていた。

あの忌々《いまいま》しい男が生きてスタン・レイの前に再び現れたことが不快でならない。

そして、スタン・レイに無礼な口を利《き》いたあの荊姫《いばらひめ》の存在も、思わず殴りつけたくなるほどに腹立たしいものだった。

この自分に……王家の血を引き、いずれは領地を継《つ》いで公爵となるべきこのスタン・レイ・エリントンに、虫けらでも見るかのような視線を向けたあの女……

世の中の多くのことはスタン・レイの機嫌を損ねるために存在しているらしい。

彼の周囲にあるものはいつでも彼の癇《かん》に障《さわ》り、不愉快《ふゆかい》にさせる。

特に母から過剰《かじょう》な笑顔を向けられるとき、スタン・レイの機嫌は極限まで悪化した。

しかしスタン・レイはいつでもそれを笑顔でやり過ごしてきた。

支配欲の強い夫に従い続ける母は、いつも陰《かげ》で息子に父の悪口を吹《ふ》きこむ。そうして最後に『あなたはお母様を裏切らないでね』と微笑むのだ。

半年前に父が臥《ふ》せり、母の夫への不満は倍増した。それらは全《すべ》てスタン・レイに注がれる。

自分ばかりが何もかもを我慢しなければいけないこの世界の理不尽《りふじん》さがあまりにも許し難《がた》く限度を超《こ》えたある日、スタン・レイはその憤《いきどお》りを外へ逃《に》がすことを覚えた。

自分だけが我慢するのは理不尽だ。

だから他の人間達も自分と同じように我慢《がまん》すればいい。

自分はこの領地を継ぐべき尊い身で、そんな自分の憤りを受け止めるのは領民達の義務であるはずだ。だから――

その時、部屋の扉《とびら》がノックされた。許しを待って、侍女《じじょ》が顔を見せる。

「お客様がお話をしたいと……」

侍女は控《ひか》え目に用件を告げた。

「後にしろ。今は忙《いそが》しい」

適当に追い返そうとすると、侍女は慎《つつ》ましく礼をして部屋を出た。しかし扉が閉まる直前、男の手がその扉を押さえる。

侍女の制止を無視して無理矢理部屋に入ってきた相手を目《ま》の当たりにし、スタン・レイは腹の底が引きつるのを感じた。

「ヴィルヴォード……」

近付いてくるのは、ずっと死んだと思っていた忌々しい男、ヴィルヴォードだった。

「何の用だい？」

スタン・レイは彼と正面から向き合い、いつも通りの笑顔を作って尋《たず》ねた。

「五年ぶりの再会だ。話したいことも色々ある。だが、僕も会場へ戻《もど》らなければならないのでね。主役が不在では皆が退屈《たいくつ》するだろう」

余裕《よゆう》を感じさせるように胸を張って、スタン・レイは自分こそがこの場の主《あるじ》なのだと示そうとした。

かつて、王立学院に通っていた頃、スタン・レイより身分の高い貴族の子息はおらず、学院内で自分に逆らう者など誰一人いなかった。

だが——本当の支配者が別にいたことを、学院にいた誰もが知っていた。

その支配者こそが目の前の男、ヴィルヴォードだった。

彼は人の弱みを見抜《みぬ》くことにかけて天才的な能力を持っていた。

そしてそれを躊躇《ためら》いなく利用する悪魔《あくま》のような男だった。

その二つの要素は、ヴィルヴォードを容易《たやす》く学院の支配者たらしめたのだ。

表向き、スタン・レイと彼はいつも行動を共にする友人だった。

しかし、先王の孫という圧倒《あっとう》的身分を有するスタン・レイのことすら、彼は下僕《げぼく》として見下していたのである。

けれども、その支配は突然終わりを告げた。五年前、彼は卒業を前にして実家の不《ふ》祥事《しょうじ》で学校をやめ、その後消息が分からなくなり、今や死んだと噂《うわさ》されていた。

そんな男を今の自分が恐《おそ》れる必要など何もない。

そんな思いでスタン・レイはヴィルヴォードに笑いかけた。

ヴィルヴォードはそんなスタン・レイににこりと笑みを返してくる。

そして次の瞬間、彼は度肝《どぎも》を抜《ぬ》くことを言った。

「なあ、スタン。街で女の子を誘拐《ゆうかい》させているのはお前だろう?」

予想もしていなかったことを聞かれ、スタン・レイは動きも思考も停止した。

ヴィルヴォードは感情の読めない目でこちらをじっとのぞきこみ、

「やっぱりそうか」

と、己《おのれ》の問いに確信を得たらしくつぶやいた。

「なっ……何を！」

スタン・レイは思わず叫《さけ》んでいた。声が出ると同時に全身から汗《あせ》が噴《ふ》き出す。

「何を馬鹿《ばか》なことを言っているんだ！　僕がそんなことをするわけがない！」

己の無実を誇示《こじ》するよう胸に手を当てて声を張るスタン・レイを見て、ヴィルヴォードはくくっと笑った。

その笑みを見て、スタン・レイはぞわっと鳥肌《とりはだ》が立った。ちょっとしたことが可笑《おか》しくてついつい笑ってしまったというような彼のこの笑い方が、自分は何より薄気味《うすきみ》悪《わる》くて恐ろしかったのだと思い出す。

そんな話をするならもっと不敵に笑ってほしい。あからさまに悪人であることが分かる凶悪《きょうあく》な顔で――

そんな笑い方をするならもっと愉快《ゆかい》な話をしてほしい。例えばさっきそこで転んでいる人を見たとか、そんな話を――

「お前はおかしなやつだな」

と、ヴィルヴォードが言った。

「俺に嘘《うそ》が通じないことなんて、お前は死ぬほどよく知っているはずだろ？　なのに無駄《むだ》な嘘をつくとか意味不明過ぎる」

彼はそう言って笑いながら、段々こちらへ近付いてきた。

スタン・レイはじりじりと後ろへ下がる。

「母親への屈折《くっせつ》した愛情を抱《かか》えながら、体面を保つことに必死になっていたお前だ。とうとう我慢の限界がきて、その激情を何の罪もない女性達へ向けた――とか、そういうことなんじゃないのか？　……なんだ、これも当たりか。お前は阿呆《あほう》のように感情が読みやすいな。張り合いがなさ過ぎて退屈だ」

スタン・レイを壁際《かべぎわ》まで追い詰《つ》めたところで、ヴィルヴォードは肩をすくめて立ち止まった。

「……人に言うつもりか？」

「勘違《かんちが》いするなよ。俺達は友達だろう？　悪いことまでも共有して、何となくうやむやにしてしまうのが友達じゃないか。俺がお前を人に売るわけないだろう？　俺達はあんなに仲が良かったじゃないか」

一見親愛の情が籠《こも》っているように見える笑顔を向けられ、スタン・レイは震《ふる》え上がった。しかしそれを気取られないよう、腹に力を込めて睨《にら》み返す。

「ふざけるな！　誰がお前なんかと友達なものか！　女をさらっただと？　どこにそんな証拠《しょうこ》があるというんだ！　疑っているというなら城中探してみるがいい！　さらわれた娘なんてどこにいる！」

スタン・レイは両手を広げて怒鳴《どな》った。ヴィルヴォードはほんの数拍《すうはく》思案するように視線を動かし、突然笑みを消して真剣《しんけん》な顔になった。

「お前の気持ちは分かるよ」

「……どういう意味だ」

「腹の立つ女を虐《しいた》げたい気持ち」

「……」

「ただ女に生まれたというだけで何の責任もなく努力もせず、どす黒い腹の中を隠《かく》してお花畑にいるみたいに笑ってる奴らに腹が立つ気持ち」

息を呑《の》んだスタン・レイに、ヴィルヴォードは更《さら》に話し続ける。

「俺が今、ラグランド伯爵《はくしゃく》家で世話になってることは言ったよな」

突然話題が全く別の方向へ進み、スタン・レイは混乱した。

「それがどうしたというんだ」

恐る恐る問いかけると、ヴィルヴォードは突然ぐっと距離を詰めてきた。スタン・レイは反射的に後退し、壁に背中をつく。ヴィルヴォードは表情を強張《こわば》らせているスタン・レイに、秘密を打ち明けるかのように顔を寄せた。

「俺はアイリーンお嬢様《じょうさま》の男嫌《ぎら》いを直すために、行動を共にするよう伯爵から言いつかっている」

とっさに意味が理解出来ず、スタン・レイはきょとんとした。やがてじわじわと意味が頭に染みこんで、思わず引きつった笑みが零《こぼ》れていた。

「お前ともあろう男が……あんな高慢《こうまん》で生意気な娘を相手にそんな馬鹿《ばか》げた役目をさせられていると……？」

「馬鹿げていると思うか？」

「……馬鹿げているな」

スタン・レイはそう答え、ヴィルヴォードの傍《そば》をすり抜けるようにして歩き出した。部屋の中央に立ち、彼に向き直る。

「お前なら、あんな小娘の弱みくらい簡単に握《にぎ》れるだろう。そうすれば、自由を得るなり逆に彼女を自由に扱《あつか》うなり、いくらでも好きに出来るだろうに……」

しかしヴィルヴォードは微《かす》かに不快そうな顔をして壁に背を預けた。

「……確かにそうだ。だが、彼女には弱みがない。意のままに操《あやつ》れるような弱さがどこにもない。そういう女に振《ふ》り回されていて居心地《いごこち》が悪いんだ。やりたくもない仕事を毎日毎日押《お》し付けられてうんざりしている。閉塞感《へいそく》で息が詰まりそうだ。どうして自分だけが何もかも我慢しなければいけないのかと思うと嫌気《いやけ》がさす」

スタン・レイは驚《おどろ》きに目を見張った。その閉塞感は自分が毎日のように感じているものとよく似ていた。スタン・レイは初めて彼に人間らしいところを見た。

幾許《いくばく》かの警戒心《けいかいしん》を残したまま尋ねてみる。

「……お前、どうしてラグランド伯爵家で世話になどなっているんだ？」

するとヴィルヴォードは嫌《いや》なことを思い出すように視線を落とした。

「……家のことがあって、学院をやめて……その後、借金を肩代《かたが》わりしてもらうのと引き換《か》えに、ラグランド伯爵の仕事を手伝わされるようになった」

そんなことになっていたとは全く知らなかったスタン・レイは思わず手で口を覆《おお》う。

ヴィルヴォードは冷たい声で続けた。

「そのせいで、俺はラグランド伯爵の命令には逆らえない。抑えつけられている気がして気分が悪いよ。だから、憤《いきどお》りを外へ向けたお前の気持ちはよく分かる」

まるで自分の心を代弁しているかのようなその言葉に、スタン・レイは動揺《どうよう》する。部屋の真ん中で立ち尽《つ》くしているスタン・レイに、ヴィルヴォードは再び近付いてきた。親しい友にするように肩をぽんと叩《たた》かれる。

「俺にはお前の気持ちが分かる。お前は何も悪いことなんてしてないよ。もちろん俺は誰にも言わない。お前が楽しみたいように楽しめばいいさ。お前はそれが許される立場に生まれて、それにふさわしい責任を果たしているんだから」

その言葉を聞いてスタン・レイの頭は完全に混乱した。同じ人間とは思えなかったこの男が見せる人間らしい感情に戸惑《とまど》いながら、向けられる理解と共感を受け入れそうになっている自分に動揺する。同時に、自分は何か恐ろしい罠《わな》にはまっているのではないかという恐怖が、足元からじわじわと湧《わ》いてきた。

「……誰にも言わないというのは本気か？」

混乱しきったまま、どうにかそれだけ尋《たず》ねる。

するとヴィルヴォードは真正面に立ったまま、顔色一つ変えずに答えた。

「ああ、俺はお前がさらった女に興味がない。ただ、そうなんだろうと思ったから確認しておきたかっただけだ。大した話じゃない」

一かけらも感情のこもっていない平坦《へいたん》な表情。

その瞬間、すとんとはまるようにスタン・レイは納得《なっとく》した。

この男が、見ず知らずの他人に興味を持つはずがないのだ。

この男は正義感で動くような人間ではない。そんなことは自分が誰よりも知っているではないか。たとえ百人の娘がさらわれようと、彼女らがどんな目に遭《あ》わされようと、この男は気にもかけない。あくび一つして終わるような男だ。

その確信を持ち、スタン・レイの精神はようやく余裕《よゆう》を取り戻《もど》した。

「……その通りだよ。大した話じゃない。民《たみ》の犠牲《ぎせい》はいつの時代にも必要なものだ」

そう言っていつものように笑おうとする。

ヴィルヴォードも満足そうにうなずいて、にこりと笑った。

「確認出来てすっきりしたよ。忙《いそが》しいところを邪魔《じゃま》して悪かったな」

もう一度ぽんと肩を叩き、ようやく彼は部屋から出て行った。

一人になると、スタン・レイはガチガチに強張っていた全身の力を抜いた。

大丈夫《だいじょうぶ》だ。何の問題もない。そう自分に言い聞かせ……ふと見下ろすと両手が震えていた。

その震えはあっという間に全身に広がる。

なんだこれは……

そうしてスタン・レイは痛感した。

支配者の座には今も昔も変わらずあの男がいるのだと。


夜会の会場に戻ったアイリーンは、城に仕える侍女《じじょ》に話しかけて公爵《こうしやく》の見舞《みま》いを申し出たが、公爵は面会を拒《こば》んでいるようで見舞うことは出来なかった。

それ以降も何人もの侍女達に話を聞いてみたが、誘拐《ゆうかい》事件に繋《つな》がるような情報は得られない。むしろ、彼女達もその事件を心配しているようで、何かを隠している様子は見受けられなかったのである。

さらわれてきた女性達が今もここへ捕《とら》えられているとは考えにくい。

新たな情報を得ることなく夜会は終了し、アイリーンは宿屋へ戻ることになった。

ヴィルと共に馬車へ乗り込むと、彼は手袋を外しながら開口一番言った。

「お嬢さん、スタンは黒だ」

ぽんと放《ほう》り投げるように言われてアイリーンは一瞬《いっしゅん》面食らう。

「……つまり、行方《ゆくえ》不明になった女性達をさらっているのは……カルガロ公爵の子息――ということ？」

「ということ」

ヴィルは小さく笑った。対するアイリーンは笑うどころではない。

民の上に立つべき貴族の息子が、街の娘を何人もさらっている――？

「あの男……生皮を剝《は》いで屋根から吊《つ》るしてやろうかしら……」

底冷えのする声で零すように言うと、向かいの座席に座っているヴィルの大きな両の手が、アイリーンの頰《ほお》を軽く叩くような格好で挟《はさ》んだ。

「やめておけ。あんたの拳《こぶし》は俺を殴《なぐ》るためにあるのであって、他の男に振るわれるべきものではない」

頰に触《ふ》れるヴィルの手のひんやりとした感触《かんしょく》に冷まされて、アイリーンはいくらか理性を取り戻す。

変態馬鹿《ばか》の理屈《りくつ》はさておき――確かに今、事を荒立《あらだ》てるのはよくない。

女性達がどこにいるのか突《つ》き止めて証拠を揃《そろ》えてからでなければ、王女殿下《でんか》に報告したところで何にもなるまい。

「やるなら俺がやってやるよ」

ヴィルはアイリーンの頬を挟んだまま顔を近付けてきた。

「どうしてほしいか言って。あいつを痛めつけたいなら、死ぬより辛《つら》い目に遭わせてやってもいい。俺はたぶん、あんたが想像してるより割と酷《ひど》いことが出来るよ」

冷徹《れいてつ》なことを笑みのまま言ってのける。アイリーンが応じれば、彼は本当に行動を起こすのではないか――そう思わせる危《あや》うさがあった。

アイリーンは彼の手を離させてきっぱりと言った。

「私達の仕事はあの男に直接罰《ばつ》を与えることではないわ」

そこで馬車は宿屋へ到着する。アイリーンが馬車から降りて宿屋へ入ろうとした時、後ろからヴィルが呼んだ。

「お嬢」

アイリーンは立ち止まって振り返る。

「あんたは俺に興味がないから聞かないのか？」

「何を？」

首をかしげるアイリーンに、ヴィルは底の読めない微笑《びしょう》を向けてきた。

「俺が、どこの、何者なのか」

真意を測りかねてアイリーンが黙っていると、彼は続ける。

「あんた、何度も疑問に思っただろう？　俺がどこの何者で、どうしてラグランド家に来たのか。今まで何をやって生きてきたのか」

彼はアイリーンの目の前に来ると顔をじっと覗《のぞ》きこんできた。

「あんたは俺のことを何も知らない。なのに、かつての学友に酷いことが出来ると言う俺をどうして信用出来るんだ？　どうして何も聞こうとしない？」

「……お前を理解する上で過去の情報が必要だと、私は思っていないわ」

アイリーンは正直に答えた。確かにアイリーンは彼の素性《すじよう》に疑問を抱《いだ》いた。初めに聞かされた素性と後《のち》の言葉が食い違《ちが》っていることも、家柄《いえがら》に相応《ふさわ》しくない学院に通っていたことも、どちらも十分疑問に思う材料だ。それでもアイリーンは今までそれを追及しようとはしなかった。

「例えば……もしも俺が犯罪者の息子で、悪党の父親を殺害したような酷い人間だったらどうするんだ？」

ヴィルは冗談とも本気ともつかない口調で言った。

「何故、今そんなことを言うの？」

仕事のさなかに聞いてくるようなことではない。

「あんたがあんまり俺に無関心だからだよ」

すねているというにはいささか無味乾燥《かんそう》とした物言いをされ、アイリーンは数拍《すうはく》考えた後に答えを返した。

「……お前がどんな人生を送ってきたかなんて、私には関係がないわ」

それはまぎれもなくアイリーンの本心だった。

その答えを聞いて、ほんの一瞬ヴィルの瞳《ひとみ》から光が消えたように見えた。

まるでアイリーンから興味を失ってしまったかのような反応——

「あ、そう」

彼はそう言うと歩き出し、アイリーンを追い越《こ》して宿屋の中へ入ろうとする。

「着替えたらランディゲイル殿《どの》の店へ行くわ」

アイリーンが後ろから声をかけると、ヴィルはちらと振《ふ》り返った。

「お好きに」

自分は行かない——という意思を言外に込め、彼は先に宿屋へ入る。

アイリーンはその後ろ姿をしばらく見つめ、彼の後に続いた。

夜会用のドレスから普段の外出着に着替え、アイリーンは再び宿屋を出た。入り口の前に待たせていた馬車に一人乗りこみ、ランディゲイルの店へ向かう。その場所は三日間の散策で確認済みだ。

夜はもう遅く、店はとっくに閉まっていた。裏口を叩いて取り次ぎを頼むと応接室に通され、ランディゲイルがすぐにやってきた。

「……どういうつもりで直接ここへ？」

怒《いか》りの気配を漂《ただよ》わせて、彼はアイリーンを睨《にら》んだ。

アイリーンは椅子《いす》に腰《こし》掛《か》けすぐさま本題を切り出す。

「誘拐犯はカルガロ公爵の子息、スタン・レイ・エリントンでした」

ランディゲイルは虚《きょ》を衝《つ》かれたように動きを止めた。

「彼の行動を見張って下さい。再び女性を誘拐するか、誘拐した女性を閉じ込めている場所へ行く現場を押さえてほしいのです」

「……誘拐された女性達がいるのは別の場所だと？」

「ええ、あそこまで人の出入りがある城に誘拐した女性を長期間隠《かく》すとしたら、使用人まで全《すべ》て共犯者でなければ不可能でしょう。けれど、侍女達に後ろ暗いところは見受けられませんでした。犯行に関《かか》わっているのがごくわずかの使用人だけだとしたら、誘拐された女性達はすでに別の場所へ移動させられているはずです。ですから、彼が外出する際の行動を見張って下さい」

そこでランディゲイルはぐっと表情に力を入れた。

「前にも申しましたが、私はあなたが跡継《あとつ》ぎになることには反対です。そんなあなたの命令で動くのは承服しかねますね」

「ならば蝙蝠《こうもり》など辞《や》めてしまいなさい」

アイリーンは即座《そくざ》に切って捨てた。ランディゲイルは瞠目《どうもく》する。

アイリーンはヴィルのような直感力を持っているわけではない。それでも、ランディゲイルが意味もなくアイリーンを拒否《きょひ》しているわけではないということくらいは分かる。だが、今のアイリーンにとって彼がアイリーンを拒む意味など大した問題ではないのだ。

「有事の際に動けない蝙蝠など必要ありません。今すぐ辞めてしまいなさい。けれど、私はあなたがそのように愚《おろ》かな人ではないと知っています。それを証明したければ私に力を貸しなさい。それがあなたの役目です」

ランディゲイルは目を見張ったままアイリーンを見つめていた。重い静寂《せいじゃく》が室内に満ちる。アイリーンが僅《わず》かも譲《ゆず》る気配を見せることなく彼に視線を据《す》えていると、ランディゲイルは深く息を吐《は》いた。

「城の周りに網《あみ》を張《は》り巡《めぐ》らせておきましょう」

それを聞いてアイリーンは安堵《あんど》する。

「頼みましたよ」

念を押《お》して椅子から立ち上がった。

「しかしお嬢様《じょうさま》、カルガロ公爵の子息が誘拐犯だというのは確かなことですか？」

ランディゲイルは退室しようとしたアイリーンを引き留めるように聞いてきた。

「間違《まちが》いないはずです。ヴィルがそう断定しましたから」

そう答えた途端《とたん》、ランディゲイルの表情が強張《こわば》った。

「……アイリーンお嬢様……あの男の言うことを信じたのですか？」

「当たり前です。私の部下です」

きっぱりと答えるアイリーンを、彼は苦々しげに見つめてくる。

「……お嬢様。あの男を信用してはいけません。今すぐあの男を切って下さい」

理由が分からずアイリーンは怪訝《けげん》な顔になった。

「当時、お館《やかた》様も、あなたのお父上も、私の進言を聞き入れては下さらなかった。

しかし今はあなたがあの男の直属の上司だ。ですからあなたに進言します。あの男を切り捨てて下さい。あの男はラグランド伯爵《はくしやく》家に仇《あだ》なす危険性があります」

「……どういうことですか？」

あまりに険しいランディゲイルの表情に、そう聞かずにはいられなかった。

「お嬢様はあの男の素性をご存じですか？」

「……ハインジャー子爵《ししやく》家の五男」

「いえ、ハインジャー子爵の養子です」

アイリーンは眉《まゆ》をひそめる。養子であることは蝙蝠にとって問題視するような要素ではない。だとしたら——？

アイリーンの疑問をくみ取ったように、ランディゲイルは重い声音《こわね》で続けた。

「彼は元々——カーヴストン侯爵《こうしやく》家の次男でした」

アイリーンは思わず目を見開いた。

カーヴストン侯爵家——その名をもちろんアイリーンは知っていた。

五年前、アイリーンの父親が隣国《りんごく》との関わりを暴《あば》いて没落《ぼつらく》させた家の名だ。

「お父上が最後に手掛《てが》けた仕事が、カーヴストン侯爵家の国に対する裏切りを暴くことだったのはご存じですね」

ランディゲイルに厳しい表情で問われ、アイリーンは小さくうなずいた。

「ええ、憶《おぼ》えています」

「その仕事を任されていたお父上は、カーヴストン侯爵家の城で彼に出会ったそうです。直感力に優《すぐ》れた珍《めずら》しい少年がいると、ずいぶん気に入った様子でした。その挙げ句、お父上は彼を『王家の蝙蝠』として勧誘《かんゆう》したのです。理由は、彼があまりにも退《たい》屈《くつ》を持て余していて可哀想《かわいそう》だったから――。私には理解しかねる理由です」

そこで彼は一旦《いったん》言葉を切り、微《かす》かに表情を歪《ゆが》めた。

「彼が勧誘に応じる前にお父上は亡《な》くなりました。それから半年ほど経《た》って、彼は突然ラグランド家を訪ねてきたそうです。蝙蝠になりにきたのだと言って。本当ならば『王家の蝙蝠』の存在を知った者は消さねばなりません。しかしお館様は彼を生かし、ご自分の直属の部下になさったのです。私は今でも後悔《こうかい》しています。あの時どんなことをしてでもお父上やお館様を止めるべきだったと――」

ぎりぎりと歯《は》噛《が》みし、彼は睨むようにアイリーンを見据《みす》える。

「あの男は、あなたに対してよからぬことを企《たくら》んでいる恐《おそ》れがあります」

「よからぬ……というと？」

「……あの男はあなたを復讐《ふくしゅう》の道具に使う可能性がある」

「復讐……？」

反応の薄いアイリーンに苛立《いらだ》った様子で、ランディゲイルは語気を強めた。

「カーヴストン侯爵家は爵位《しゃくい》を剝奪《はくだつ》され、領地を失い、当主だった父親は自死しています。あの男は全てを失った。奪《うば》ったのは我々です。『王家の蝙蝠』とは時に理不《りふ》尽《じん》な憎《にく》しみを向けられることもある。そんな危険な仕事です。その頂点に立とうというのなら、どこまでも冷徹《れいてつ》でなければならない。少しでも我らに仇なす可能性があるなら、あの男は切るべきです」

並みの者なら逃《に》げ出すほどの迫力《はくりょく》で詰《つ》め寄り、声を低めて彼は続けた。

「あなたの命令があれば、後は我々が彼を始末します」

その言葉を聞き、アイリーンは僅かに視線を落とした。始末……それはつまり、殺すということだ。アイリーンは目を上げて真《ま》っ直《す》ぐに彼を見返し、粛々《しゅくしゅく》と答えた。

「話はよく分かりました。しかし——私の答えは否《いな》です」

その返事にランディゲイルの眉間《みけん》のしわは最大限まで深まった。彼は威圧《いあつ》的な態度でアイリーンを見下ろし、低い声で脅《おど》すように発言する。

「あなたは、己《おのれ》のすべきことを何も分かっていない。だから私は、あなたを次期当主と認めたくないのです。『王家の蝙蝠』を束ねる者として、あなたほど相応しくない人はいない。あなたが継《つ》ぐくらいならドードニオ様が継いだ方が遥《はる》かにましだ」

さすがにアイリーンは驚《おどろ》いた。しかしすぐに表情を引き締《し》め、きっぱりと言う。

「あなたが私をどう思っていようと構いません。ただ、この場は私に従ってもらいます。あなたのすべきことは彼を始末することではありません。カルガロ公爵《こうしやく》の子息の動向を見張ることです」

有無《うむ》を言わせぬ強さで言い切ると、ランディゲイルは表情を歪めてしばらくのあいだ口をつぐんでいたが、渋々《しぶしぶ》といったようにあごを引いた。

「……承知しました」

「では、頼みましたよ」

そう言い置いて、アイリーンはランディゲイルの店を後にした。

馬車は店からかなり離れた目立たない路地裏に待たせていた。

アイリーンは皆が寝静まった深夜の街を一人歩く。

歩きながら、別れ際《ぎわ》のヴィルを思い出していた。

何故自分のことを何も聞かないのかと彼は言った。

あの時、あの言葉を、彼はいったいどんな気持ちで言ったのだろう？

生家を失った原因である男の娘を前にして、何を思っていたのだろう？

復讐――？　アイリーンを使って――？

ランディゲイルの言葉を思い返して想像してみるが、答えは出ない。

アイリーンが小さな吐息《といき》をついた時、突然夜道に細い悲鳴が聞こえた。

アイリーンはぴたりと足を止めて耳を澄《す》ます。短い悲鳴が再び聞こえた。

かなり遠い場所のようだったが、静かな深夜の空気を震《ふる》わせる微かな声をアイリーンの優れた聴覚《ちょうかく》は確かに捉《とら》えた。

アイリーンは声の聞こえた方へ駆《か》け出した。夜の道を素早く駆け抜《ぬ》け、声がしたと思《おぼ》しき路地へそっと顔をのぞかせる。

月明かりのわずかに届く暗い路地に、幌《ほろ》がかかった荷馬車が停まっていた。

二人の男が若い娘を担《かつ》いで荷馬車に乗せようとしている。

口を布で塞《ふさ》がれた娘は泣きながら必死に暴れていた。

誘拐《ゆうかい》――!?

アイリーンは息を呑《の》む。まさか夜会の直後に犯行に及ぶとは思っていなかった。スタン・レイ・エリントンの愚かしさと異常性に辟易《へきえき》しながらも、これがまたとない機会であることを感じる。あの馬車の後を追えば、誘拐された女性達が捕《とら》えられている場所を特定出来るはずだ。しかし、アイリーンのいる場所はランディゲイルの店からも馬車を待たせている場所からもかなり離れていた。恐らく馬を取りに戻《もど》っていては馬車を見失ってしまうだろう。

数秒の逡巡《しゅんじゅん》の末、アイリーンはその路地へ飛び出した。

小さく悲鳴を上げると、男達はぎょっとしたようにこちらを向いた。

「ひ、人さらい……！」

アイリーンは恐怖に彩《いろど》られた瞳《ひとみ》でそう言うと、きびすを返して駆け出した。

慌《あわ》てた男達が後を追って来る。

アイリーンは、わざと足をもつれさせながらたどたどしく走った。

瞬《また》く間に追いつかれた彼女は、思惑《おもわく》通り男達につかまったのだった。

第五章　乙女《おとめ》達は監禁《かんきん》される

捕えられたアイリーンは目隠《めかく》しをされて両手を縛《しば》られ、幌がかかった馬車の荷台に寝《ね》かされていた。

ガラガラと回る車輪の音と、一緒《いっしょ》に捕《つか》まった娘が荷台の端ですすり泣いている声が聞こえた。励《はげ》ましてやりたかったが、誘拐犯の一人が同じ荷台に乗っていたため怯《おび》えた振《ふ》りを続ける。

そのまま一時間半ほど走り続け、馬車は停《と》まった。

アイリーンは同乗《どうじょう》していた男の手で目隠しを取られ、後ろ手に縛られたまま荷台から降ろされた。

夜明けまではまだ間があり辺りは暗い。前を見ると、月明かりの中に一軒《けん》の屋敷があった。その周りは鬱蒼《うっそう》とした木々が生《お》い茂《しげ》っている。

森の中にひっそりと建てられた屋敷にアイリーンは連れて来られたのだ。

ここまでかかった時間と、車輪の音や振動《しんどう》から推測する馬車の速度から計算し、実際にここが街からどの程度離れているかをざっと弾《はじ》き出す。

その距離の範囲《はんい》で唯一《ゆいいつ》木々が多くあるところといえば……街の南西に位置するカルガロ公爵の私有地である雑木林だ。

「遅かったな」

屋敷の玄関を守っていた番兵が誘拐犯に声をかけた。

「若君はずいぶん苛立っているぞ。夜会の準備があってしばらく新しい女を補充《ほじゅう》出来なかったから。嫌《いや》な男に再会したとかなんとか言って、当たり散らしてる」

「少し面倒事があったんだ」

誘拐犯は煩《わずら》わしげに言いながら、アイリーンの腕を引いて屋敷の扉《とびら》を潜《くぐ》った。

馬車の音を聞きつけたのか、玄関の正面にある階段の上から足音がして、数人の男達が下りてきた。

「遅いぞ！」

その先頭で怒鳴《どな》ったのはまぎれもなくヴィルが犯人だと断定した男、スタン・レイ・エリントンだった。

「なっ……何でお前が……」

彼は荒《あら》い足音を立てて近付き、アイリーンに気付いて愕然《がくぜん》と目を見開いた。

「これはいったいどういうことかしら」

硬直《こうちょく》しているスタン・レイに向かって、アイリーンは殊更高慢《ことさらこうまん》な物言いをした。

「何故私がこんなところに連れて来られなければいけないの。すぐに解放なさい。今ならまだ許してあげるわ」

「くそっ……貴族の娘はさらうなと言ってあったはずだ！」

スタン・レイは誘拐犯に向かって忌々《いまいま》しげに怒鳴る。

「現場を目撃《もくげき》されて、仕方がなかったんです。夜会の前後は街中に人が集まっていますから行動を控《ひか》えるべきだと、我々は何度も……」

「黙れ！」

癇癪《かんしゃく》を起こしたように彼は怒鳴り散らした。

誘拐犯や使用人達は不服げな表情ながらも口をつぐむ。

スタン・レイはぎりぎりと歯噛みしてアイリーンを睨《にら》み、荒いため息をついた。

「連れてきたものは仕方がない。ここにいてもらうぞ」

「冗談じゃないわ。今すぐこの縄《なわ》を解きなさい！」

きつく言い返した次の瞬間、スタン・レイがアイリーンの頬《ほお》を平手で打った。

遠慮《えんりょ》のない力がこめられていて、首がぐんと捻《ね》じれる。顔を元の位置に戻すと鉄臭《くさ》さが鼻に抜け、口の中が切れているのを感じた。

「……本当に生意気な女だな」

酷《ひど》く苛立ったように目を細め、スタン・レイはアイリーンを見下ろす。

「来い」

と短く命じ、彼は背を向けて玄関ホールの正面にある階段を上りはじめた。

使用人達に腕を引かれ、アイリーンはスタン・レイの後に続く。

磨《みが》き上げられた木の階段を上り、一同は二階の中ほどにある部屋の前で立ち止まる。

使用人の一人が部屋の扉を開けた。籠《こも》った空気が部屋の外へ塊《かたまり》のように流れ出る。

眉《まゆ》をひそめたアイリーンを、使用人が後ろから突《つ》き飛ばした。

「ここでおとなしくしていろ」

スタン・レイは忌々しげに命じる。アイリーンは冷たい床《ゆか》に倒れこんで、じろりと彼を見上げた。そしてふと部屋の中に目をやる。

そこに広がっている光景を目の当《ま》たりにし、アイリーンは凍《こお》り付いた。

部屋の中には十人を超《こ》える女性達がいた。

皆ぼろぼろの布きれを申し訳程度に纏《まと》い、元の人相も分からないほどに顔を腫《は》らしている。全身のいたるところに青と黒と赤と黄色を混ぜ込んだ気味の悪い痣《あざ》や、細かく執拗《しつよう》につけられた切り傷があって、思わず目を逸《そ》らしたくなるほど痛々《いたいた》しい。

そんな女性達が、生きているのか死んでいるのかも分からないほど弱り、身動きも出来ず床に転がったり、座った姿勢で壁《かべ》にすがったりしている。

アイリーンは目の前が真《ま》っ赤《か》に染まるような錯覚《さっかく》に陥《おちい》った。

「同じような目に遭《あ》いたくなければ、おかしなことは考えるな」

脅《おど》すように凄《すご》まれ、アイリーンは怒《いか》りのあまりむしろ冷静になった。

自分が今この男を撃《う》ち殺しても世界は文句を言わないだろう。

そう思った時、一緒にさらわれてきた娘が後から連れて来られて、同じように部屋へ放り込まれた。娘は恐怖に震えながら、必死に逃《に》げ出そうとして扉へ這《は》い寄った。

スタン・レイは足元を這う娘に虫けらを見るような眼差《まなざ》しを向け、彼女の脇腹《わきばら》を蹴《け》飛《と》ばした。苦悶《くもん》の声を発して娘は転がる。

彼が更《さら》に足を振り上げたのを見て、アイリーンは声を上げた。

「やめなさい、この下種《げす》！　その汚《きたな》らしい足をへし折られたいの！」

スタン・レイはぴたりと動きを止め、傍《かたわ》らに座りこんでいるアイリーンを睨んだ。

彼の顔はみるみる怒りに紅潮してゆく。

「誰に向かって口を利《き》いている」

「こんな真似《まね》をしなければ女性に近付くことも出来ない、無様で頭の悪い男に言っているのよ。道端《みちばた》に吐《は》き捨てられた反吐《へど》より気持ちが悪いわ。肥溜《こえだ》めにでも沈《しず》んでいればいいのに」

美しい顔を限界まで不快に歪《ゆが》め、アイリーンはスタン・レイを罵《ののし》った。アイリーンの思惑通り、彼の矛先《ほこさき》はあっさりと娘からこちらへ移り、肩を蹴飛ばされる。

「何様のつもりだ！」

スタン・レイは激昂《げっこう》しながら何度も何度もアイリーンの体を蹴りつけた。

「思い知ったか……何とか言ってみろ」

ひとしきり蹴り終わると、ぜいぜいと肩で息をしながら言う。

アイリーンは床に倒れ、口の端《はし》から血を流しつつ彼を見上げた。

「お前……そのうち罰《ばつ》が下るわよ」

底冷えのする声でつぶやく。

スタン・レイは一瞬表情をひきつらせ、すぐに歪んだ笑みを浮《う》かべた。

「神様の罰が当たるとでも？」

「……どうかしらね」

冷たい瞳で見上げられ、スタン・レイは臆《おく》したように一歩下がった。しかし、すぐにそれを恥《は》じたのか凶暴《きょうぼう》な目付きでアイリーンを見下ろし、止《とど》めと言わんばかりに靴《くつ》の踵《かかと》でアイリーンの腹を蹴る。

「そこまで言うならお前は特別待遇《たいぐう》にしてやる」

スタン・レイは後ろにいた使用人にアイリーンを別の部屋へ連れて行くよう命じると、足音荒く部屋を出て行った。

アイリーンは男達に引き立たされ、その部屋から連れ出された。


くそっ！　くそっ！　いったいどうすればいいんだ！

頭がどうにかなりそうなくらいの焦《あせ》りが全身を支配し、スタン・レイは静かな雑木林の中にある屋敷の廊下《ろうか》をどかどかと歩く。

よりにもよってあの女をさらってくるなんて……

いずれこの領地を支配する立場にある自分が、こんなつまらないことでつまずくなどあっていいはずがない。

あんな無礼な女のためにスタン・レイの人生が狂《くる》うことなど許されない。

ラグランド伯爵《はくしやく》家の荊姫《いばらひめ》――始末するには身分が高過ぎ、懐柔《かいじゆう》するには矜持《きようじ》が高過ぎる。

どうすればいい――？　どうすればこの事態を切り抜《ぬ》けられる――？

そこでスタン・レイは唐突《とうとつ》に、悪魔《あくま》のような学友の顔を思い出した。

暴力の一つも使うことなく学院を支配していたあの男なら――


夜が明けても戻《もど》らない主《あるじ》を案じて、レティナは一人宿屋を出た。

アイリーンは昨夜ランディゲイルの店へ行くと言って出て行ったきり、連絡一つ寄《よ》越《こ》さない。跡継《あとつ》ぎになることを反対していたランディゲイルと、何かもめ事でも起こしたのではないかとレティナは心配したのである。

借り物の馬車でランディゲイルの店へ向かうと、店からいくらか離れた目立たない路地裏にラグランド家の馬車が停まっているのが見つかった。

レティナが借り物の馬車を降りて路上に停まっている馬車へ近付くと、御者《ぎょしゃ》の男が事情を説明した。

アイリーンは自分が戻るまでここで待てと言い残して馬車を降り、それから何の音《おと》沙汰《さた》もないのだという。

レティナはランディゲイルの店へ向かい、取り次ぎを頼むことすらせず店の中へ押《お》し入り、一番奥にあった彼の部屋へ乗り込んだ。

部屋の奥にある机について書き物をしていた彼は、ぎょっとした顔でレティナを見る。その驚《おどろ》き顔はすぐに険しい怒りの表情に変わった。

「どういうつもりだ」

しかしレティナは彼の怒りなど意にも介《かい》さず己《おのれ》の用件を告げた。

「お嬢様《じょうさま》をお迎《むか》えに上がりました」

途端《とたん》にランディゲイルの顔色が変わる。

「戻っていないのか？」

その言葉にレティナは怪訝《けげん》な顔をした。

「ここにいないのですか？」

「昨夜の内に帰っている」

「いいえ、馬車は離れた路地でずっとお嬢様を待っていたそうですが、未《いま》だに戻ってきていません」

アイリーンが周りに何も告げず姿を消すなどということは、よほどの事情がない限りありえない。いったい何があったのかと、レティナは本気で不安になってきた。

すると、深刻な表情で考え込んでいたランディゲイルが低い声で聞いてきた。

「……ヴィルはどうしている？」

嫌な名を聞かされ、レティナは眉をひそめた。

「あの男は夜会から帰ってきた後、一歩も外には出ていません」

「……………お嬢様の身に何かあったのかもしれん。まさかとは思うが、誘拐《ゆうかい》犯に遭遇《そうぐう》して連れ去られたという可能性もある。お嬢様なら、敵の潜伏《せんぷく》先を突き止めるために、危険を顧《かえり》みず自分からさらわれるくらいのことはしてのけるだろう」

言われてレティナは青ざめた。

それは……確かにそうだ。アイリーンならそのくらいのことはするだろう。

なにせ自殺しようとしたレティナを助けるため、平気で川に飛び込むような人だ。

呆然《ぼうぜん》としているレティナに、ランディゲイルはため息まじりで言った。

「だから私はお嬢様が跡を継《つ》ぐことには反対なのだ」

「……どういう意味ですか？」

「お嬢様は優しすぎるのだ。甘いと言ってもいい。他人が傷付くことには異常なほど敏感《びんかん》だが、己の安全には無頓着《むとんちゃく》が過ぎる。人が傷付くくらいなら代わりに自分が傷付けばいいと考えるのが、お嬢様の思考の基本だ」

レティナはぎくりとした。アイリーンがそういう人であることを自分はよく知っている。他《ほか》ならぬ自分達が、アイリーンにその優しさを求めてきたのだから。

ランディゲイルは責めたてるように言葉を重ねた。

「何より不幸なことに、お嬢様はその思考を貫《つらぬ》けてしまうほどの能力を持っている。己の力で全《すべ》てをこなしてしまえるお嬢様にとって、周りの者は守るべき弱者に見えているに違《ちが》いない。そしてお嬢様はそんな弱者を切り捨てられないのだ。人を切り捨てる非情さや冷酷《れいこく》さを持てない者に、『王家の蝙蝠《こうもり》』を統《す》べることは出来ない」

レティナは何も言い返せないまま凍りついている。それを見て、ランディゲイルはため息をついた。

「部下に、アイリーンお嬢様を捜すよう指示しておこう」

そう言うと、彼はレティナを残して部屋を出て行った。


アイリーンを屋敷に閉じ込めたスタン・レイは、一旦《いったん》馬車で街へ戻った。二度と会いたくもない旧友に会うためである。

調べさせると、ヴィルヴォードの宿泊《しゅくはく》している宿屋はすぐに分かった。城へは戻らず直接彼の泊まっている宿屋へ向かい、従業員に案内させる。

部屋の戸を叩《たた》いて開けると、ヴィルヴォードは部屋の真ん中にあるソファに寝そべっていた。彼は寝《ね》そべった姿勢のまま顔だけをこちらへ向け、スタン・レイを確認して数回まばたきした。

「……ヴィルヴォード、頼《たの》みがある」

スタン・レイは無理矢理笑みを浮かべて切り出した。

「友人のお前なら助けてくれると信じてここまで来たんだ」

スタン・レイは慎重《しんちょう》に話を進める。一歩間違《まちが》えば自分の喉《のど》を食い破られかねない危険な行為《こうい》をしている心地《ここち》であった。

だからといってもう後戻《あともど》りは出来ない。この男の心をどうやってでも動かさねばならないのだ。

ヴィルヴォードは荊姫の従者をしていることに不満を感じている。

あの生意気な女に従っていることは屈辱《くつじょく》以外の何ものでもないはずだ。

ならばスタン・レイとヴィルヴォードの利害は一致《いっち》している。

「ヴィルヴォード。お前の力で荊姫を傀儡《くぐつ》にしてほしい」

その瞬間、ヴィルヴォードの瞳《ひとみ》が僅《わず》かに見開かれたのをスタン・レイは確かに見た。

夜が明けてスタン・レイが馬車で出かけて行ったあと、別の部屋に放りこまれたアイリーンは両手を縛《しば》られたままざっと部屋を見回した。

さほど大きくない窓から入ってくる明かりに照らされ、背の高いキャビネットと寝台が一つずつあるのが見える。

アイリーンは部屋の真ん中に立って思考を巡《めぐ》らせた。

あの下種《げす》男がアイリーンをどんな風に特別待遇するつもりか知らないが、アイリーンを標的にしてくれるのなら他の女性達から注意が逸《そ》れて好都合だ。

あの男がこの部屋へ入ってきたら、人質《ひとじち》に取って逃亡《とうぼう》を図《はか》ろう。

アイリーン一人が逃げるという案は、悪事が露見《ろけん》する前に証拠《しょうこ》隠滅《いんめつ》されかねないので不可だ。女性達を他の場所へ移されるだけならいいが、最悪全員口封《くちふう》じのために始末される恐《おそ》れがある。命令を下す人間を人質にしていれば、まずその心配はない。

アイリーンは膝立《ひざだ》ちになり、後ろ手に自分を縛っている紐《ひも》を靴の踵に仕込んである刃物《はもの》で切った。両手の自由を得ると、スカートをたくし上げて太腿《ふともも》に吊《つ》っていた装着具から回転式の拳銃《けんじゅう》を抜く。

弾倉《だんそう》に銃弾《じゅうだん》を込めてそれをスカートの中へ戻そうとした時、外から馬車の音が聞こえた。スタン・レイが戻ってきたらしい。

アイリーンは一旦深呼吸し、銃を後ろに隠《かく》して扉《とびら》の死角に隠れた。

しばらく待つと、廊下を歩く足音が聞こえた。その音は規則正しく乱暴さが感じられず、雇《やと》われている番兵や使用人とは違うように思えた。

足音が止まり、扉がノックされる。

スタン・レイであればまず肩を撃《う》ち抜く――

アイリーンが決意すると同時に扉は開かれた。

入ってきた人物は、死角に潜《ひそ》んでいたアイリーンの方をまるで透視《とうし》していたかのように一発で振《ふ》り向いた。目を合わせたその瞬間、アイリーンは相手を見て硬直《こうちょく》する。

そこにいたのは、スタン・レイでも番兵でも誘拐犯でも使用人でもなかった。

薄く笑いながらアイリーンを見ているのは、ここにいるはずのない人物――ヴィルだったのである。

「よう、お嬢」

彼は軽い朝の挨拶《あいさつ》をするような口調でそう言うなり、手に持っていた物を投げつけてきた。それは灰色の粉末だった。アイリーンの顔にぶつけられた粉末は散らばって目や鼻に入る。

胡椒《こしょう》――!?

とっさにまぶたを閉じたがいくらか目に入ってしまい、酷《ひど》い痛みで目が開けられなくなる。涙と咳《せき》が止まらずむせ返っているアイリーンの足を悠々《ゆうゆう》と払ったヴィルは、倒れたアイリーンの手から銃を奪《うば》い、腰に吊っていた縄《なわ》で両手を縛り上げた。

「縛っておいたはずだが、いったいどうやって縄を抜《ぬ》けたんだ？」

遅れて入ってきたスタン・レイの驚く声が聞こえたが、目の開けられないアイリーンにはその姿が見えない。

「ちゃんと調べなかったからだろう」

ヴィルは何でもないことのように言った。

「お嬢さん、自分がどういう状況に置かれているか分かってるか？」

揶揄《やゆ》するような口調で聞いてくる。声の方向から、倒れている自分の目の前にしゃがんでいるのだと分かった。

殴《なぐ》られて腫《は》れた頬《ほお》にふとヴィルの手が触《ふ》れる。けれど目を閉じているアイリーンには彼がどんな表情を浮《う》かべているのか見ることが出来なかった。ヴィルは手を離して言った。

「あんた……俺に言ったよな？　俺はあんたに酷いことをしないって。自分に都合よく考えすぎだろ。俺は言わなかったか？　俺はあんたが想像してるより割と酷いことが出来るって。友達の頼みは断れないだろ？　だから俺、これからあんたに酷いことをするよ」

アイリーンは暗闇《くらやみ》の中で困惑《こんわく》する。ヴィルが何をしようとしているのか全く理解出来ない。自分が何をされようとしているのかも――

「ヴィルヴォード。後は頼んだぞ。僕の将来がかかっているんだからな。思う存分調教して、お前に服従する肉塊《にくかい》にしてしまえ。僕はしばらく城に戻《もど》っている。その間に決して逆らわない従順な雌犬《めすいぬ》にして、意のままに操《あやつ》るんだ。そういうのはお前の得意技《わざ》だろう？」

物騒《ぶっそう》なことを必死で訴《うった》え、スタン・レイは部屋から出て行った。残されたのはアイリーンとヴィルの二人きりである。

「さて……」

と、ヴィルはつぶやき、アイリーンの手をつかむと部屋の端まで引きずった。そして両手を縛った縄の端を、キャビネットの取っ手にくくりつける。

アイリーンはキャビネットの前に座りこみ、両手を上げた格好で尋《たず》ねた。

「ヴィル……何をするつもり？」

その問いに答えることなく、ヴィルはすぐ傍《そば》にしゃがみこんでアイリーンの右足首をつかんだ。そして軽く持ち上げる。反射的にアイリーンは目を開けた。痛みでぼろぼろと涙《なみだ》が零《こぼ》れ、耐《た》えられずに目を閉じる。

ヴィルはアイリーンの足を持ち上げたまま、するりと靴《くつ》を脱《ぬ》がせた。

その靴を後方へ放《ほう》り投げたらしく、靴が床《ゆか》を打つ音が聞こえる。

ヴィルはアイリーンの足を下ろし、今度は左足を持ち上げた。そしてそちらの靴も脱がせ、同じように放る。

瞬間的《しゅんかんてき》に嫌《いや》な予感がした。アイリーンは膝《ひざ》をきつく閉じて足を縮める。

「お嬢《じょう》、ちょっとおとなしくしてろ」

その囁《ささや》き声が聞こえた直後、スカートの中に何かが入ってくる感触《かんしょく》があった。それがヴィルの手であることはすぐに分かる。

予感は確信に変わった。アイリーンは自分が何をされようとしているのか理解する。

「やめなさい！」

鋭く声を上げてアイリーンは足を振り上げた。しかし座ったままではろくな力が出ず、あっさりとつかまれる。楽しげに笑う気配がした。

「あんたの想像は当たってるよ。俺はあんたを丸裸《まるはだか》にしようと考えている。抵抗《ていこう》しない方がいいな。これ以上暴れるなら罰《ばつ》を与える」

その言葉と共に、ヴィルの手がアイリーンのスカートの奥まで入りこんできた。内側を無遠慮《ぶえんりよ》に探《さぐ》り、そこに隠してあった物を剝《は》ぎ取る。ぽいと放られ金属質な音を立てて床に転がったのは革の鞘《さや》に納められていた短剣だった。

アイリーンはきつく口を閉じ、思い切り頭を前に倒した。

ガツンと音がして、額が何かに当たった感触がある。

その頭突《ずつ》きはヴィルのあごに当たったらしかった。

「……なるほど、自分に与えられる罰じゃ駄目《だめ》か……。なら、あんたが抵抗した分の罰を、他の女の子達に受けてもらう」

アイリーンは驚愕《きようがく》と共に目を見開いた。まだ痛みはあったが、涙で洗い流された瞳が目の前の光景を映す。正面にあるのはヴィルの愉快《ゆかい》そうな笑みだった。

「さあ……どうする？」

アイリーンは唇を引き結んだまま身動き一つせずにヴィルを見つめ返す。

ヴィルが再び手を伸ばし、襟元《えりもと》に触れてきても、アイリーンは動かなかった。

「いい子だ」

そう言って彼は笑みを深めた。

襟元を留めている組紐《くみひも》を解き、緩《ゆる》めた胸元から手を突っ込む。大きな手が肌を滑《すべ》る感触に、アイリーンは歯を食いしばって身を硬《かた》くした。

ややあってずるりと引き出された彼の指先には、薄い小刀がつままれていた。

彼はそれを自分のズボンのポケットに仕舞《しま》う。

そしてもう一度アイリーンの胸元に手を伸ばし、中途半端《ちゅうとはんぱ》に解けた組紐に手をかけた。結び直すのかと思いきや、彼はそれを丹念《たんねん》に解いて服から取り去ってしまう。

更《さら》には腰を結んでいたリボン状の紐まで解いて丸め、全《すべ》て自分の服の中に仕舞った。

それらの紐は一見装飾《そうしょく》用に見えるが、人ひとりをぶら下げたり絞《し》め殺したり出来るくらいの強度がある物だ。

「あとは何だ……」

ヴィルはつぶやきながらアイリーンの首筋に触れた。そして襟足の辺りに留められている鍵開け道具の仕込まれたピンを抜き取る。

一つずつアイリーンの武装を解きながら、その度《たび》にヴィルの指はアイリーンの肌に触れた。くすぐるように動くその指の感触に、アイリーンは全身を硬くして耐える。

ヴィルは最後に縛り付けられた腕の袖口《そでぐち》に指を入れ、そこに隠してあった睡眠薬や毒薬やマッチを取り上げた。

アイリーンの持っていた全ての道具を奪い取り、ヴィルは立ち上がって息をつくと、少し離れた所に置かれている寝台に腰かけた。

ヴィルは目の前で縛られているアイリーンをじっと観察する。

鋭く尖《とが》った彼女の目は怒《いか》りに満ちていた。

酷く顔が赤いのは、歯を食いしばって耐えていたからだろう。

ヴィルは彼女の感情など意にも介《かい》さず悠々と寝台に腰かけ、膝の上に頬杖《ほおづえ》をついた。

「お嬢さん……あんたはきっと、自分がどうしてこんな目に遭《あ》ってるのか全く理解してないんだろうな……」

ぽつりと零すように言う。

「あんたは結局俺のことを、何一つ知ろうとしなかっただろ？」

知ろうと思えば彼女にはヴィルのことを知る機会がいくらでもあった。その時に尋ねられていたら、或《ある》いは正直に答えていたかもしれない。けれど彼女は何も聞かなかった。ヴィルを部下として重用しながらも、踏《ふ》み込んでくることはなかったのだ。

アイリーンはじっとこちらを見返してしばしのあいだ思案し、言葉を返してきた。

「お前の生家の話なら聞いたわ」

ヴィルは一瞬の驚《おどろ》きをもってつぶやいた。

「ランディおじさんか……」

現在のラグランド家でヴィルの素性《すじよう》を正確に把握《はあく》しているのは、ラグランド伯爵《はくしやく》とランディゲイルだけだ。だが――

「残念だけど、あの人が知っている俺の話を聞いたところで、あんたが俺の行動を理解することは出来ないよ。俺を理解する人間はこの世に存在しない」

ヴィルの他人に対する理解と、他人のヴィルに対する理解は完全に反比例している。

「ランディおじさんは、俺がラグランド家を恨《うら》んでる――と言ったんじゃないか？」

「ええ、言ったわ」

彼女の答えを聞いてヴィルはふっと笑った。

やっぱり彼はヴィルのことを何も分かっていないらしい。

「残念だが、俺はラグランド伯爵家を恨んだりはしていない。というか……あの家にそれほど興味がない」

アイリーンは微《かす》かな驚きを示すように目を見開いた。彼女の感覚からしてみれば、何年も仕事をしてきた家に興味がないというのは理解不能な話だろう。

アイリーンの探るような瞳《ひとみ》を受け止め、ヴィルは言葉を繋《つな》いだ。

「人の心が全部理解出来るってどんな気分か分かる？」

アイリーンは無言で首を振《ふ》る。当然の反応だ。

「俺は物心ついた時から自分がそういう生き物だと知ってた。表に出さない人の本心も、隠《かく》しておきたい秘密も、人の根底にある汚《きたな》いところも全部見えてしまう。人間がどれほど下らない動物か、俺は誰より知ってるよ」

そして、それを平然と指摘《してき》するヴィルヴォードという子供を、周囲の人間は危険視したのだ。血の繋がった実の家族ですらヴィルを受け入れることはなかった。ないがしろにされたことはない。ただ、危険物のごとく距離を置かれた。

「俺は生まれてから今まで誰にも愛されたことがない。当たり前だ。俺みたいな子供を愛する人間なんていないだろう？」

するとアイリーンが明らかに表情を変えた。不満と怒りを半分半分にしたようなその表情は、彼女の心根を如実《にょじつ》に表している。

ヴィルはくっくと可笑《おか》しそうに笑った。実際可笑しかったのだ。

「あんたが気にすることじゃない。そんなのはたいした問題じゃないんだ。そもそも俺は愛されたいなんて思ったことがないからな」

世界はヴィルを愛さなかった。そしてそれ以上に、ヴィルは世界を愛さなかった。

昔から誰のことでも全て理解し、何でも見抜きながら、愛だけは知ることのなかったヴィルは、幼くして人生の退屈《たいくつ》を悟《さと》ったのだ。これから数十年……死ぬまでこの退屈を持て余して生きるのかと思うと、幼心に絶望した。

「たぶん俺は、人から愛される振る舞《ま》いをしようと思えば出来たんだろう。直感力を駆使《くし》して人を喜ばすことも出来たんだろう。だけど、俺はそうはしなかった。気付いたんだよ。自分の人生は他人を不幸にするために存在するんだってな。だからそれにふさわしい振る舞いをしようと思った。今日も明日も明後日も、死ぬまでずっと――俺は人を理解し、人を脅《おど》し、人を追い詰《つ》め、人を不幸にする。そういう風に生まれたんだから、そういう風に生きるしかない。人は与えられた人生を生きる以外のことなんて出来ないんだと俺はずっと思ってた」

そこでヴィルは表情を曇《くも》らせた。

「だけど五年前のある日、偶然《ぐうぜん》出席した夜会で見かけた少女のせいで、その考えが打ち砕《くだ》かれた」

ヴィルは記憶の中にある少女の顔を思い出す。

「その少女を一目見た瞬間に、俺は彼女が自分の同類だと分かった。多くの資質を与えられて生まれた人間。自分と同じ退屈に見舞《みま》われているはずの人間だって。だけど――その少女からは退屈の気配がしなかった。誇《ほこ》り高く、自分を曲げることを厭《いと》ったその少女は、初対面の男を殴《なぐ》って荊姫《いばらひめ》なんて呼ばれてた」

そこでアイリーンははっきりと驚いた顔をした。ヴィルは更に続ける。

「自分と同じような資質を持って生まれて、全く違《ちが》う生き方をしているその少女を、俺は心底妬《ねた》ましいと思った。生まれたように生きるしかないと絶望していた自分を根底から覆《くつがえ》された。だから俺はその時に決めたんだ。俺は俺の退屈を埋《う》めるために、この少女を自分と同じところまで引きずり落とそうってな。俺はあんたを絶望させるためにラグランド伯爵家に入ったんだよ」

大きな目を見開いてまばたき一つすることなくこちらを見つめているアイリーンに、ヴィルは歪《ゆが》んだ笑みを向けた。

「それがあんたの知ろうとしなかった俺だ」


それから丸二日間、アイリーンは屋敷に監禁《かんきん》された。

必要なとき以外は部屋から出ることを許されず、縄《なわ》できつく縛《しば》り付けられている。

一日二度食事が運ばれてきたが、アイリーンはそれを口にすることを拒《こば》んだ。

三日目の朝、毎日食事を運んでくれる使用人の女性に、アイリーンは声をかけた。

「せっかく運んでくれているのに、食べなくてごめんなさい」

気遣《きづか》うように言うと、相手はびっくりしたらしく固まった。

三十代と思《おぼ》しき女性である。どうしてこんなところで働いているのかは知らないが、酷《ひど》く疲れた顔をしており、望んで働いているわけでないことはすぐに分かった。

「あの……私……ごめんなさい……」

彼女は申し訳なさそうに謝ると、食事をのせた盆《ぼん》を床《ゆか》に置き、力ない足取りで部屋から出ていった。

彼女なら落とせそうだ……アイリーンが彼女の出ていった扉《とびら》を眺《なが》めていると、

「お嬢《じょう》さん」

と、寝台に腰かけていたヴィルが呼んだ。

「いつまで我慢《がまん》する気だ？」

それが食事を拒んでいることを言っているのはすぐに分かった。

アイリーンはじっとヴィルを見つめる。

この男は今までどんな思いでアイリーンの傍《そば》にいたのだろう？

そして今、どんな思いでアイリーンを眺めているのだろう？

今まで知ろうとしなかった彼の話を聞かされて、アイリーンはずっとそのことを考えていた。そして一つの仮説を立てたのだ。それを今証明しようとしている。

「このままでは飢《う》え死にしてしまうわね。だけど、お前は私に酷いことをしたいのでしょう？　私が飢え死にしたところで構わないはずだわ。違う？」

アイリーンは挑発《ちょうはつ》するように言った。ヴィルは寝台から立ち上がり、部屋の端でキャビネットに縛られているアイリーンの傍に来ると、目の前にしゃがみ込んだ。

「こっちがわざわざ用意してやったものをそこまで拒むのは生意気が過ぎるな。これ以上そういう態度を取るなら、罰《ばつ》を与えることにするが……」

アイリーンは表情を険しくしてヴィルを睨《にら》む。

「ああ、心配しなくていい。罰を受けるのは他の女の子達じゃないよ。正直、見ず知らずの女の子に罰を与えても楽しくないからな。罰を受けるのはあんただ」

傍に置かれている盆をちらと見やる。

「素直に食べるか、罰を受けるか……どっちだ？」

聞かれても、アイリーンは答えることなく口をつぐんでいる。

矛先《ほこさき》が自分に向いているのなら問題はない。

アイリーンは、弱っていく自分を彼がどうするか確かめようとしていた。

「そこまで罰を受けたいのか……」

ヴィルは声の調子を低くしてつぶやくと、盆の上にのっていた小さな壺《つぼ》を取った。そこに入っている金色の蜂蜜《はちみつ》を口に含《ふく》み、彼は縛られたまま座りこんでいるアイリーンに身を寄せる。

アイリーンの足の間に膝《ひざ》を入れて動きを封《ふう》じると、両手で頰《ほお》をつかみ僅《わず》かに顔を上向かせて、強引《ごういん》に唇を重ねてきた。

一瞬《いっしゅん》驚《おどろ》いて唇を開いてしまったアイリーンの隙《すき》を逃《のが》さず、ヴィルは無理矢理侵《しん》略《りゃく》してくる。どろりとした甘い蜂蜜の絡《から》みついた舌が、口腔《こうこう》を蹂躙《じゅうりん》した。

数日間何も食べていなかったせいか痛いくらいの勢いで唾液《だえき》が溢《あふ》れ、反射的に吞《の》みこむ。強烈《きょうれつ》な甘味《あまみ》がのどを刺《さ》した。ヴィルはどう考えても一口で含む量ではない蜂蜜をアイリーンの口の中に全部流し込むと、唇を離した。それをどうにか全《すべ》て吞みこんで、アイリーンは間近にある彼の顔を見つめ返す。

「……私を飢え死にさせるのは嫌《いや》なの？」

問われたヴィルは微かに顔をしかめる。その時アイリーンの唇から蜂蜜の混ざった甘い唾液が一筋零《こぼ》れ、あごを伝ってのど元へ流れた。

「罰だと言ってるだろ」

と、彼は短く告げ、組紐《くみひも》を解かれて胸元があらわになったまま放置されていたアイ

リーンの肌に顔を寄せてきた。

アイリーンはぎょっとして身をよじるが、縛られたままでは避《よ》けようがない。ヴィルは片方の手を背後のキャビネットにつき、もう一方の手で膝を押さえ、アイリーンの肌に顔をうずめる。

ちろちろと動く舌先が首筋に伝う蜂蜜を舐《な》め取った。肌をなぞるその感触《かんしょく》に、アイリーンは全身を硬《かた》くして歯を食いしばる。

ヴィルは流れてゆく甘い蜜を追いかけるように、首筋から胸元へと唇を這《は》わせた。肌を吸うようなその動きは今までに味わったことのない感触で、アイリーンはたまらず目を閉じる。すると余計に感覚は鋭敏《えいびん》になった。鼓動《こどう》が速くなるのを感じながらアイリーンは全身全霊《ぜんれい》を込めて必死に耐《た》える。

声の一つも立てることなく体を硬くしていると、ヴィルは何を思ったのか僅かに唇を離した。アイリーンが力を抜《ぬ》きかけると、

「いつまで我慢する気だ？」

つぶやくように言って、再び唇を重ねてくる。入りこんできた舌が、口の中に残っていた蜜を舐めとろうとする。アイリーンが身をよじると、彼は膝を押さえていた手を滑らせて、スカートの上から腿《もも》を撫《な》でた。突然別の場所に与えられた刺激《しげき》にアイリ

ーンはびくりと体を跳《は》ねさせる。それでも彼は動きを止めようとせず、布の下にある脚《あし》の形を探《さぐ》ろうとするように手を滑《すべ》らせた。

ヴィルの行為《こうい》は執拗《しつよう》で、永遠ほどにも長く感じられた。これ以上は我慢出来ないという限界寸前でようやくアイリーンは解放された。

速い呼吸をしながら睨みつけると、彼は空虚《くうきょ》な笑みを浮《う》かべた。

「だから罰だと言ったろ。だけど、この程度の訓練は受けてるんじゃないのか？　仮にも『王家の蝙蝠《こうもり》』なら、男を誑《たぶら》かす技《わざ》くらい仕込まれているだろ？」

何でもないことのように言われてアイリーンは目を見張った。

「まさか。男とキスしたのなんてこれが初めてよ」

祖父も父も母も、アイリーンにそんな訓練をさせたことはない。アイリーンのその言葉を聞いた途端《とたん》、ヴィルの様子が変わった。予想外のことを聞かされたかのように硬直《こうちょく》している。

「何を驚《おどろ》いているの」

「……何で平気な顔してるんだ」

ヴィルは困惑《こんわく》するように拳《こぶし》を口元に当てて視線を逸《そ》らす。

ここへアイリーンを閉じ込めてからずっと余裕《よゆう》を保っていた彼が、初めてはっきりと揺らいでいた。アイリーンは確かめるように唇を開いた。

「ヴィル……お前は何で平気な顔をしていないの？」

罰を与える人間がどうしてそんなに動揺《どうよう》しているのかと問い詰《つ》める。

「お嬢さん……こんな状況で敵を挑発するようなことを言うのはやめろ。歯止めのきかなくなった相手に取り返しのつかないことをされることになる」

ヴィルは視線をはっきりとこちらに向けないまま言った。今までに見たことがないほど余裕のない表情だ。

「出来るものなら好きなように……っ」

アイリーンは受けて立つように返す途中で言葉を切った。痛そうに顔をしかめる。ヴィルはそれに気付いて視線を上げた。彼の視線は縄《なわ》できつく縛《しば》られているアイリーンの両手に向く。あまりに力を込めたせいで、擦《す》れた手首から血が出ていた。

「何やってるんだ……」

彼は立ち上がって縄を括《くく》りつけているキャビネットの取っ手に手をかけた。ちょうどその時、彼のポケットがアイリーンの手の高さに来る。縄のたるみを限界まで伸ばし、アイリーンはポケットからはみ出た物を引き抜いた。それはアイリーンから取り上げた小刀だった。ヴィルがその動きに気付いて身を引くが、もう遅かった。

鞘《さや》をはらって逆手に持ち、アイリーンは手首を縛る縄を切る。

それら全ての行動が数秒の間に行われた。

自由を得たアイリーンはヴィルの足を両手で刈《か》り、その場に尻をつかせた。体当たりして転がし、その勢いのまま腹の上に跨《また》がる。そして彼の首筋に小刀の切っ先をあてがった。

一瞬のうちに形勢を逆転させたアイリーンは、鋭い瞳《ひとみ》でヴィルを見下ろした。

「お前は馬鹿《ばか》ね。引きずり落として絶望させたい相手が少し怪我《けが》したくらいで、隙を見せたら駄目《だめ》でしょう」

忠告しながら優艶《ゆうえん》に微笑《ほほえ》む。

「無理もないのかしら？　だってお前は私の味方だものね。私に怪我をさせたくはないのでしょう？」

アイリーンは絶対の確信をもって問いかけた。

監禁《かんきん》され、素性《すじょう》を明かされ、妬ましいと言われ、絶望させるのが目的だと言われ、不本意な罰を与えられ……それでもアイリーンは彼が自分の味方であることをただの一度も疑わなかった。

「お前は私の味方だわ。私を裏切ったりはしないし、スタン・レイ・エリントンの意に沿って動いたりもしない。前に言ったはずよ。お前は私に酷《ひど》いことなどしないと」

ヴィルは一瞬驚いたように目を見張り、しかしすぐに平静な表情を取り戻した。アイリーンはたたみかける。

「お前が何をしたところで、私のお前に対する信用は揺《ゆ》らがないわ。だからこれ以上つまらない嘘《うそ》をつくのはやめなさい」

喉元《のどもと》に小刀をつきつけたまま、きつく命じた。

「お前が何の目的で私をここへ監禁しているのか、ずっと考えていたわ。お前の思考回路は特殊《とくしゅ》すぎて、私には理解し辛《づら》い。けれど、一つだけ仮説を立ててみた。お前は——私を試《ため》していたのではない？」

すると真下にあったヴィルの顔から全ての表情が抜け落ちた。完全なる虚無《きょむ》がそこにあった。

「仕えるべき主《あるじ》としての力が私にあるかどうか——この事態を自分の力で切り抜けられるかどうか——それを試していたのではないの？」

ヴィルは空虚な表情でこちらを見上げ、微《かす》かに笑った。

「……俺には興味がないくせに、どうして俺が裏切っていないと信用出来る？」

その言葉に刺すような棘《いばら》の気配を感じて、アイリーンはつきつけた小刀を放《ほう》り投げた。そして拳を握《にぎ》り、彼の顔面を一発殴《なぐ》りつける。悔《くや》しいのと悲しいのと腹立たしいのが入り混じり、目をつり上げてヴィルを見下ろした。

「ランディゲイル殿《どの》はお前を切り捨てろと言ったわ。でも、私はそれをしなかった。お前がラグランド家のせいで人生を狂《くる》わされたとか、私達を恨《うら》んでいるとか……そんなことを聞かされたところで何も思わなかった。お前がどんな人生を送ってきたかなんて、私には関係がないもの」

それは前にも彼に言った言葉だった。

「私には何人もの部下がいて、みんなそれぞれに事情を抱《かか》えているのよ。それを言いたがらない者だっているわ。だから私は求められない限り彼らの過去を詮索《せんさく》しようと思わない。過去はもちろん大事だわ。けれど無理に探らなくても、過去を積み重ねた今のその人と接していればそれで十分よ。お前という人間と接して、私はお前が信用に足ると確信したの」

「……それで裏切られたらどうする？」

ヴィルはアイリーンの真意を探ろうとするような目で聞いてきた。

「その時は、私の見る目がなかったというだけのことよ。それでラグランド家に不利益がもたらされるなら、私は『王家の蝙蝠』としての責務に則《のっと》って、お前と心中するくらいの覚悟《かくご》はあるわ。私が信用するというのはそういうことよ」

アイリーンはガッと彼の胸倉を両手でつかんだ。

「私は人生を懸《か》けてお前を信用したのよ。引きずり落として絶望させるですって？ 私を裏切るというなら、一緒《いっしょ》に地獄《じごく》へ堕ちる覚悟をなさい。その程度の覚悟もなく裏切りを口にしたというのなら、お前は私を舐めすぎだわ！」

嚙《か》みつくような勢いで怒鳴《どな》りつける。

ヴィルは完全に毒気の抜けた顔でこちらを見上げていた。

ややあって、彼の喉《のど》からくっと声が漏《も》れた。それは断続的に発せられ、笑い声になる。体を震《ふる》わせて笑っているのがこちらに伝わり、思わず手を放した。

「何が可笑《おか》しいの」

真剣《しんけん》に話しているのを笑われて、アイリーンは腹が立った。

「俺の負けだ」

ひとしきり笑い終わるとヴィルはつぶやいた。

「俺はきっと、一生あんたに敵《かな》わないだろう。そういう未来が今想像出来た」

でも――と、彼は続ける。

「あんたは一つ間違《まちが》えてる。俺は確かにあんたがこの事態をどう切り抜けるのかわくわくしながら観察していたが……」

　あまりの言いように、アイリーンは上に跨ったまま彼の首を絞《し》めかけた。

「間違えた。心配しながら見守っていたが、俺が本当に試したかったのはあんたの当主の資質なんかじゃない」

「ならば何を試していたというの？」

「……どこまで酷いことをされたらあんたは俺を見限るか——それを試してた。でも、あんたはどうあっても俺を見限らないんだな」

　まさか仕事中にそんなことを試されていたとは思わず、アイリーンは啞然《あぜん》とした。

「お前の言うことは理解出来ないわ。どうしてそこまで私に執着《しゅうちゃく》するの」

「あんたは俺のだから」

　と、ヴィルは言う。それは夜会の折にも聞いた言葉だった。その時に踏《ふ》み込んで聞いてみるべきだったのかもしれない。彼がアイリーンに己《おのれ》を知ってもらうことを望んでいたのなら。

「誰がそんなことを決めたの」

「あんたの父親」

　予想外の答えにアイリーンは言葉を失う。

「俺の生家が爵位《しゃくい》を剝奪《はくだつ》された後、再会したあんたの父親がそう言った」

「ちょっと待ちなさい。どういうこと？　自分の生家を没落《ぼつらく》させた男にそんなことを言われて、お前はすんなり受け入れたの？」

するとヴィルはいたずらっ子みたいに笑いながら言った。

「あの家を没落させたのはあんたの父親じゃないよ。俺の生家を――カーヴストン侯《こう》爵《しゃく》家を裏切って没落させたのは、俺だ」

第六章　彼は本当のことを言っている

幼い頃《ころ》から退屈《たいくつ》であくびの出るような時間を重ねていたヴィルヴォードの人生は、ある日を境に変わった。

十八歳になったある夜、父に言われてとある貴族の夜会へ出席した。

そこで彼女を見た時の衝撃《しょうげき》は生涯《しょうがい》忘れないだろう。

自分に触《ふ》れてきた男を殴り飛ばしたその姿。

熱量の塊《かたまり》みたいな少女だと思った。自分と同じ恵《めぐ》まれ過ぎた要素を持っていながら、どうして退屈することなくそこまでの熱を保っていられるのかと不思議に思った。

その感覚は今まで他の誰に接しても感じたことのないものだったが、相応《ふさわ》しい言葉を探してみるなら……ヴィルヴォードは彼女を見て感動したのだ。

だからその一月後、生家の城に招待されていた客の一人に声をかけた。

「あんた、荊姫《いばらひめ》の父親なんだって？」

その相手がアイリーンの父親、ドルイド・ラグランドだった。

「もしかしてこの家のこと探《さぐ》ってる？」

ヴィルヴォードが尋《たず》ねると、客人として招かれていたドルイドはきょとんとした顔で首を捻《ひね》った。何を言っているのか理解出来ないという表情。しかし、ヴィルヴォードには彼が本当のことを指摘《してき》されて驚《おどろ》きを隠《かく》そうとしているのがはっきりと分かった。

「ああ、やっぱりそうなんだ……うちを探るってことはもしかして、噂《うわさ》で聞いた王家直属の密偵《みってい》ってやつ？　へえ……本当にいたんだな」

その瞬間、ドルイドの気配が変わった。浮《う》かんだのは一瞬の殺意。しかしその感情はすぐに奥深くへと隠れ、後には警戒《けいかい》を纏《まと》わせた好奇心が残った。

「何お前、すごいな」

と、ドルイドは言った。

「でも、気を付けた方がいい。私は秘密を守るためなら人ひとりくらいは殺すよ」

と、爽《さわ》やかな笑顔で続ける。

「だろうね」

と、ヴィルヴォードは肩をすくめた。

「俺が殺される前に教えてあげるよ。カーヴストン侯爵は黒だ。証拠《しょうこ》が必要なら用意するけど？」

あっさりと父親を売ったヴィルヴォードに、ドルイドは怪訝《けげん》な顔をする。

「どうして私にそれを教えるんだい？　きみの父親は他国に情報を売るような真似《まね》をした。証拠が揃《そろ》ったら家は取り潰《つぶ》されるかもしれない。それなのに私に協力するというのは何故だい？」

「ただの退屈しのぎだよ。自分の手で父親を貶《おとし》めて家を潰すとか……それなりに楽しめるんじゃないかと思って。まだ何十年も時間が残ってるから大変なんだよ。退屈を埋《う》めるのも」

言いながら、ほんのわずかな期待が胸をよぎるのを感じていた。

絶望に打ちひしがれる家族を見たら、自分の心が動くかもしれないという淡い期待。

それを胸に、ヴィルヴォードは父親の裏切りの証拠を揃えた。

その証拠を渡す時、ドルイドがふと聞いてきた。

「人に興味なんてなさそうなきみが、どうして私に声をかけようと思ったんだい？」

「……前に夜会であんたの娘を見たんだ。ああいう人間もいるんだなと思ったよ」

「ふうん……そうか」

ドルイドは複雑な表情で証拠を受け取り、城を去っていった。

それから少しして、父親であるカーヴストン侯爵は爵位を剝奪され、治める領地も国に取り上げられ、全《すべ》てを失い――拳銃《けんじゅう》で頭を撃《う》ち抜き自殺した。

父の亡骸《なきがら》を前にして、ヴィルヴォードは絶望と後悔《こうかい》に襲《おそ》われた。

自分のせいで命を絶った父親を前にしてもまるで心が痛まないどころか何の感情も湧《わ》いてこない自分に絶望し、それを思い知ってしまったことを後悔した。

その後、ヴィルヴォードは愛人だった母の生家に養子に入り、そこでドルイドと再会することとなる。

「蝙蝠《こうもり》になってみないか？」

と、彼は言った。世界の全てに絶望しきっていたヴィルヴォードの感情は、全く動かなかった。そんなヴィルヴォードに、彼は言葉を飾《かざ》ることなく説明した。

「きみを勧誘《かんゆう》する理由は三つある。一つ、きみの直感力を遊ばせておくのはもったいないと思ったから。二つ、蝙蝠の存在を知ったきみを始末する最善の方法だから。三つ、退屈を持て余しているきみが気の毒だと思ったから」

「王家の密偵になれれば退屈しなくなるって？」

「ラグランド家に来るなら、私の可愛《かわい》い可愛い娘に会わせてあげよう。私に声をかけてきたのは娘に興味を持ったからだろう？　いいことを教えてあげるよ。退屈を埋める最良の方法は、たった一人の相手を見つけることだ。それを世間では恋という。ほしいのならあの子をきみにあげるよ」

「……俺は誰かに好きになってほしいなんて思ったことはないよ」

そんなものに興味はない。人の好意がほしいだけならそう振る舞っている。

しかしドルイドは鼻で笑った。

「きみは退屈を埋めたいんだろう？　ならば重要なのは相手がきみを好きになるかどうかじゃない。きみが相手を好きになるかどうかだ。本気で退屈から逃《のが》れたいと思うなら、うちへおいで」

そう告げて、彼はヴィルヴォードの前から去り、それからほどなくして病《やまい》で命を落としたと風の噂で聞いた。

彼の言ったことなど嘘《うそ》に決まっている。そう思いながらも頭からそのことが離れず、半年後、とうとうヴィルヴォードはラグランド伯爵《はくしやく》家の門を叩《たた》いたのだった。

四年半の間、蝙蝠としての修練を積み、仕事をこなし、それでもやはり退屈を感じなくなることはなく、半ば諦《あきら》めのような心地《ここち》になっていた時——ヴィルヴォードはアイリーンと再会した。

そして、ドルイドの言葉が真実であることを知ったのだ。

初めて彼女の視界に入り、長いこと凍《こお》っていた己の感情が動くのを感じた。

今までの自分を叩き壊され、作り替えられてゆくような感覚。

彼女は厭《いと》うことも忌避《きひ》することも恐《おそ》れることも無視することもなく、真正面から向き合って怒《おこ》り、怒鳴《どな》り、殴《なぐ》り、ヴィルヴォードを人間として扱った。

アイリーン・ラグランドは呆れるほどの懐《ふところ》の深さで、すがってくる全ての者を受け入れるような女だった。

この女は自分をどこまで受け入れるのだろう?

自分が彼女だったら、自分のような男など絶対に受け入れない。

ヴィルヴォードは出会った瞬間から今の今まで、ずっと彼女を試《ため》し続けてきた。

自分は今まで人から受け入れられたことがない。

だからアイリーンも最終的には自分を拒《こば》むはずだと考えていた。

しかしどれだけ酷《ひど》いことをしても、彼女はヴィルを見限ることはなかったのだ。


「あんたの父親は、俺にあんたをくれると言った。だからあんたは俺のだよ」

跨《また》がった相手にそう言われ、アイリーンは口の端《はし》を下げて彼を見下ろした。

あの父は娘に黙って何を勝手に決めているのだろうか……

「だからあんたを独占《どくせん》したかった。弱みを握《にぎ》れば思い通りに動かせるとか、世界中があんたの敵に回れば俺だけを見てくれるとか、誰にもあんたの味方をしてほしくないとか……色々考えたけど無駄《むだ》だよな。あんたは俺の思い通りには動かないし、何があっても変わらない。そういうあんただから俺は惹《ひ》かれたんだ」

「……なら、私にどうしろというの」

彼が本心からアイリーンに求めていることは何なのか——それを知りたい。

アイリーンに乗っかられたまま、彼は真剣《しんけん》な顔で答えた。

「俺があんたに望んでることは最初から一つだけで、それはずっと変わってないよ。あんたを好きになることを許してほしい」

真摯《しんし》に乞《こ》われてアイリーンは瞠目《どうもく》した。

「それだけのことを許してくれる人が、今まで一人もいなかった。周りの人はみんな俺が人を傷付けるものだと思っていて……実際俺はその通りに振る舞ってやったからね。……俺を好きになってくれなくてもいいから、俺があんたを好きになることを許してほしい」

ようやく全てが腑《ふ》に落ちた。彼は初めから本当のことしか言っていなかったのだ。

誰かを好きになってそれが受け入れられるという、たったそれだけのことを……この男は今まで誰からも許されずに生きてきたのだ。

こんな愚《おろ》かなことをして確かめなければ相手の気持ちを信じることすら出来ないほどに、一人きりだったのだ。

それを思うと無性に悲しい気持ちになり、次《つ》いで怒りが溢《あふ》れてきた。

その怒りは今までこの男を一人ぼっちにし続けた世界に対するものであり、今までこの男の真意に気付けずにいた自分に対するものでもあった。

黙って見上げてくるヴィルを、アイリーンは唇を噛《か》みしめて見下ろした。

図体《ずうたい》のでかいこの男が、まるで道端《みちばた》に捨てられた子犬のように思える。

この男は――本当に卑怯《ひきょう》な男だ。

卑怯で狡猾《こうかつ》で腹黒《はらぐろ》くて……弱い人だ。

自分の弱さを全部さらけ出してまでアイリーンを乞うている。

そこまで必死になるほどの価値が自分にあるとは思えないのに……

こんなすがり方をされたらアイリーンが拒めないことを、この聡《さと》い男は誰より理解しているに違《ちが》いない。

アイリーンはしばし葛藤《かっとう》し、覚悟《かくご》を決めて前屈《まえかが》みになると彼の頬《ほお》を両手で挟《はさ》んだ。

「いいわ。お前が私を好きになることを許すわ。お前の抱《いだ》く情動の全てをぶつける相手として私を選びなさい。全部私が受け止めるわ」

ヴィルは零《こぼ》れ落ちんばかりに両目を見開いた。

「……そんなこと言ったら、俺はあんたに何をするか分からないよ。今までずっと誰にもぶつけられなくて破裂《はれつ》しそうなこの衝動《しょうどう》を全部あんたにぶつけたら……俺はあんたを壊《こわ》してしまうかもしれない。本当にそれでもいいのか？」

何を今更《いまさら》……アイリーンはふっと小馬鹿《こばか》にしたような笑みを浮かべた。

「やれるものならやってみなさい。お前如《ごと》きが私を壊せるかどうか、好きなだけ試してみればいいわ」

「……後悔するかもしれない」

「何一つ後悔しないで生きられる人間なんていないわ。いいからお前はおとなしく、一生私の傍《そば》にいて、私のことを好きでいればいいのよ」

アイリーンはヴィルに顔を近付けて高慢《こうまん》に言い放《だ》つ。

次の瞬間、彼は手を伸ばしてアイリーンを抱き締《し》めてきた。

アイリーンは姿勢を崩《くず》して彼の腕の中に倒れこむ。

「……馬鹿じゃないのかあんたは。……嫌《きら》いになれと言われても、どこかへ行けと言われても……俺はもうあんたから絶対に離れてやらないからな」

彼は痛いくらいの力でアイリーンを抱き締め、腰に手を回してきた。その感触《かんしょく》にアイリーンは思わず身を硬《かた》くする。

「どれだけ嫌でも我慢《がまん》しろよ。俺を受け入れたのはあんただ。その責任を取れ」

ヴィルは全く腕を緩《ゆる》めようとしなかった。

「……違うわよ」

顔も体も強張《こわば》らせ、アイリーンは小声でつぶやく。

「男に触《さわ》られるのは嫌いだけれど、お前に触られるのが嫌《いや》なわけじゃないわ」

「……あんたは今、ものすごく嫌そうな顔をしてるよ」

ヴィルは目だけを動かして、腕の中にいるアイリーンの顔を見る。

アイリーンは限界まで顔をしかめてぼそりと言った。

「…………くすぐられるのが苦手なのよ」

「は？」

ヴィルは間の抜けた声を出して腕の力を緩めた。

弱点を晒《さら》すようで嫌だと思いながらも、アイリーンは渋々《しぶしぶ》説明する。

「お前の触り方がくすぐったくてくすぐったくて仕方ないのよ。笑い転げそうになるのを必死で我慢しているの。くすぐられるのは昔から苦手だわ」

だからいつも我慢している。傍目《はため》には怒っているように見えるかもしれない。

さっき胸元を舐《な》められた時など危うく醜態《しゅうたい》を晒すところであった。

「苦手って……これが？」

聞きながら、ヴィルは突然アイリーンの脇腹《わきばら》をむにっと鷲摑《わしづか》みにした。

「きゃあっ……何をするのよ！」

突然の攻撃に驚《おどろ》き、アイリーンはヴィルの腕を振《ふ》りほどいて身を起こすと、彼の頰を平手で叩いた。人が恥《はじ》を忍《しの》んで苦手を明かしたというのに……

「……ごめん。本当に苦手なんだな……」

謝りながらも瞳《ひとみ》の奥に好奇心の光を煌《きら》めかせる彼を見て、アイリーンは逃げるようにヴィルの上からどいた。ヴィルはむくりと起き上がる。

床《ゆか》に胡坐《あぐら》をかいて、目の前に座っているアイリーンに頭を下げた。

「悪かった。もうくすぐらない。くすぐらなければ触ってもいいのか？」

アイリーンは少し考え、真面目《まじめ》な顔で首肯《しゅこう》した。

「そうね、くすぐったくしないなら別に触っても構わないわ」

するとヴィルはすっと手を伸ばしてアイリーンの手首をつかんだ。ひやりとした手の温度が伝わる。

「何で？」

ヴィルは探《さぐ》るような目付きで問いかけてきた。

「他の男が同じことをしたらあんたは嫌がるだろう？　場合によっては鉄拳《てっけん》制裁を食らわせる。なのにどうして俺が触るのは嫌じゃないんだ？」

彼の様子が真剣だったので、アイリーンも真剣に考える。

彼はアイリーンが本気で嫌がることをしないから――というのでは納得《なっとく》しないだろう。嫌がることをしないから嫌じゃない――なんて、理由になっていない。

アイリーンは今まで彼に触《ふ》れられた時のことを端から順に思い出す。

それを嫌ではないと思ったのは――

「……お前は私に触るとき、何だか嬉《うれ》しそうな顔をするでしょう？　それを見るのが割と好きだわ」

そこでアイリーンははたと気づいた。

自分に触って嬉しそうな顔をしているヴィルを見るのが好き？

「それではまるで、私がお前のことを好きみたいだわ。そうなのかしら？」

至極《しごく》真面目に問いかけると、ヴィルはたちまち狼狽《うろた》えた顔になった。

「は？　いや、俺に聞くなよ」

「私は男を好きになったことが一度もないわ。想像したことすらないから判断が出来ない……。自分が変わるなんてありえないと思っていたのに、お前と出会って私は確かに変わったわ。男に体を許すなど絶対無理だと思っていたのに、お前にならば許せるような気がするわ。それは私がお前を好きになったということなの？」

改めて言葉にして驚く。

すると急に、アイリーンの手首をつかんでいたヴィルの手が熱を帯びた。いつも冷たい彼の温度の変化につられたように、アイリーンの手も熱くなる。その熱は全身に伝わり鼓動《こどう》が速まった。

顔を上げるとバチッと目が合いそのまま動けなくなった。ヴィルもいつもの飄々《ひょうひょう》とした様子はなく、どこか緊張《きんちょう》したように硬い表情をしている。

今までに感じたことのない類《たぐ》いの異様な緊張感のなか見詰《みつ》め合っていると、窓の外でバサバサと鳥が羽ばたく音がした。アイリーンははっとして正気に戻《もど》る。身の内を焼くような熱が波のように引いた。一度深呼吸してヴィルの腕を放させる。

「よく考えたら、今はそんなことを考えている場合じゃないわ。またにしましょう」

あっさりと話題を打ち切ったアイリーンに、ヴィルは頬を引きつらせる。

「お嬢《じょう》さん……あんたは意外と悪い女だな」

「私が悪い女なのではなく、お前の女の趣味《しゅみ》が悪いのだと思うわ」

仮に自分が男だったら、どう考えても自分みたいな女は選ばない。

彼が相当な変わり者であることは確かだった。


気持ちを落ち着かせたアイリーンは、即座《そくざ》に思考を切り替《か》えた。

ヴィルの奇行《きこう》のせいで中断されてしまったが、アイリーンがここにいるのはさらわれた女性達を助けるためだ。床に座って姿勢を正す。

「ヴィル。これ以上私を試《ため》そうとしても無駄よ。ここからは私に従って動いてもらうわ。レティナかランディゲイル殿《どの》にここのことを伝えてちょうだい。お前は閉じ込められているわけじゃないのだから、ここから出ることが出来るでしょう？」

「ああ、断る。ありえない。却下《きやっか》だ」

目の前で胡坐をかいていたヴィルは即答《そくとう》した。アイリーンは険しい顔をする。

「……何故？」

「何をするか分からない男の群れの中にあんたを置いて行けるわけがない。それは絶対だから諦《あきら》めろ。仕事のことより、ラグランド伯爵《はくしやく》家のことより、さらわれた女の子達のことより、俺はあんたの安全を優先する」

仕事に意識の切り替わっていたアイリーンは、その言葉に鋭い視線を返す。

「お前に『王家の蝙蝠《こうもり》』としての誇《ほこ》りはないの？」

挑発《ちょうはつ》するように言うが、彼は飄々としたものだった。

「俺は誇りも矜持《きょうじ》も母親の胎《はら》の中に置き忘れてきたらしい。恥ってのはどこの国の言葉だろうな。それって美味《うま》いの？」

呆《あき》れ果てた男である。アイリーンはため息をついて彼を動かすことを諦めた。

「分かったわ。お前はその辺で膝《ひざ》を抱《かか》えていらっしゃい。私の本気を見せてあげる」

すっくと立ち上がって背筋を伸ばし、アイリーンはそう宣言した。


カルガロ公爵《こうしゃく》領に構えられたランディゲイルの支店の一室で、アイリーンの部下であるレティナは今にも死にそうな顔で床に座っていた。部屋の戸が開く音がして、レティナははっと顔を上げる。入ってきたのはランディゲイルだった。

「お嬢様は？」

レティナの問いに、彼は首を振って答える。

「見つかったという報告はない」

レティナは唇を噛みしめて膝を抱え、顔を伏《ふ》せてしまった。

アイリーンの身に何かがあったことは間違《まちが》いない。

そこには同じく姿を消したヴィルが関《かか》わっているとレティナは確信していた。

「このままではお前の方が先に参ってしまう。少し休め」

ランディゲイルが苛立《いらだ》ったように言うと同時に、部屋の戸が叩《たた》かれた。

雇《やと》われている使用人が難しい顔で入ってくる。

「店長、ちょっと妙《みよう》な注文をしてくる客がいるんですが」

「何だ？」

「ほら、このメモ」

と、店員はびっしりと文字の書かれたメモを数枚、ランディゲイルに渡す。

「変ですよね。蟹《かに》の形をした趣味のよくない髪飾りとか、風車と豚《ぶた》の柄《がら》が入った金縁《きんぶち》の皿とか……そんなのうちで扱《あつか》ってましたっけ？」

「……え!?」

レティナは驚愕《きようがく》に目を見開き、勢いよく立ち上がってランディゲイルの手からメモを一枚ひったくる。そのメモに見入り、

「お嬢様《じようさま》！」

叫《さけ》び声を上げた。

「蟹の形をした髪飾りというのは、以前兄上のフレドリック様がお嬢様に買ってきたおみやげです！　趣味が悪いと一刀両断していましたけれど、お嬢様は今でも大事に持っていて……」

ランディゲイルも眉間《みけん》にしわを寄せて残りのメモをのぞきこんだ。

「もしかして、風車と豚の柄が入った金縁の皿というのは、ラグランド家に代々伝わる絵皿のことか」

レティナは部屋から飛び出していた。転がるようにして店頭へ駆《か》けてゆく。

「お嬢様！」

大声《おおごえ》で呼びながら店先へ出ると、入り口の所に見知らぬ女性が立っていた。三十代と思しき庶民的《しょみんてき》な格好の女性だ。びっくりした顔でまばたきしている。

「これを持ってきたのはあなたなの!?」

レティナは噛《か》みつくような勢いで詰《つ》め寄り、その女性の両肩をつかんだ。

「え、あの……そうですけど……。私、とあるお屋敷で雇われていて、そこにいるお嬢様にお使いを頼まれて、この店で買ってきてほしいと……」

「お使いを頼んだのは十代後半の女性で、声が綺麗《きれい》で、心根も美しくて、傍《そば》にいるだけでうっとりしてしまう天使のような優しさを持ちながら、女性であるあなたですらときめいてしまうような凛々《りり》しさと格好良さを併《あわ》せ持つ、超絶美女《ちょうぜつ》ではない？」

「あ、その人です」

ぽっと頬《ほお》を染めて、その女性は肯定《こうてい》した。

「……毎日後悔《こうかい》ばかりで働いてる私の話を聞いてくれて、心を込めて励《はげ》ましてくれたんです」

うっとりとそう語る彼女を見て、レティナは確信した。

アイリーンはこの女を落としたのだ。

そこでランディゲイルが奥から出てくると、厳《いか》つい顔で店員達に命じた。

「閉店の準備を。このお客様と話がある」

そして女性をじろりと見下ろす。彼女は怯《おび》えたように後ずさった。

「ようやく飛びこんできた手掛《てが》かりだ。何としてでも口を割ってもらうぞ」

「やめて下さい。手掛かりならここにあるではありませんか」

レティナは買い物のメモをランディゲイルの眼前に突《つ》き出した。

「おそらくこれはお嬢様の書いた暗号です。一行目の文字数が三……ということは、一、三、五文字置き……」

目を細めてそのメモを眺《なが》め、レティナはびっしりと書かれた文章を解読してゆく。

「お嬢様……ずいぶんと細かいことを指定なさっていますね……」

文字をたどるレティナの口の端《はし》に笑みが浮《う》かんだ。

ランディゲイルはその様子を険しい顔で見やる。

買い物に来た女性はわけも分からずその場にへたり込んでいた。

全《すべ》ての指令を解読すると、レティナはふーっと深く息を吐《は》く。

「ランディゲイル殿、そちらのご婦人を解放してください。お嬢様のもとへ戻って頂きます。そして今すぐ早馬を出して頂けますか？」

「理由は？」

「さらわれた被害者《ひがいしゃ》の女性達を助けるため、悪魔《あくま》を召喚《しょうかん》します」

真顔で奇怪《きかい》なことを言うレティナを見つめ返し、ランディゲイルは部下達に馬を用意するよう命じた。


「お嬢様、お茶をどうぞ」

「いつもありがとう。不思議だわ。あなたの入れてくれたお茶ってどうしてこんなに美味《おい》しいのかしら」

林の中にひっそりと佇《たたず》む屋敷の一室で、アイリーンは寝台に腰かけ、優雅《ゆうが》にお茶の時間を楽しんでいた。お茶を運んできたのは使いを頼んだ使用人の女性である。あれから数日が経《た》っていた。

彼女は嬉《うれ》しそうに表情を輝《かがや》かせ、ちらっとアイリーンの後ろに目を向ける。

「あの……ヴィルヴォード様にも用意したのですけど……」

「ああ、ありがとう」

と、答えたのは、寝台に座ってアイリーンの背中にくっついているヴィルだった。

使用人の女性はテーブルにティーカップを置いて部屋を出た。

「そろそろかしらね」

と、アイリーンは背中に寄りかかってくる男に声をかける。

「かもね」

「どうでもよさそうに見えるわよ」

「いや、正直どうでもいいからね。あんたじゃないものはどうでもいい」

彼は姿勢を変えてアイリーンの肩にあごをのせながらしゃべった。

不謹慎《ふきんしん》な物言いとくすぐったさに同時に腹が立ち、アイリーンは彼の襟首《えりくび》をつかんでぶんと放《ほう》り投げた。ヴィルはその勢いで寝台から落ちる。

アイリーンは足元に転がっているヴィルの肩をつま先でちょんちょんとつついた。

「役立たずの烙印《らくいん》を押すから」

「心配するな。お嬢《じょう》が助けを必要としてたらすぐに飛んでいく」

ヴィルはそう言ってにんまりと笑う。

「……期待しないで待ってるわ」

ため息を添《そ》えて答えた時、屋敷の外から馬車の音が聞こえてきた。ずいぶんと速度を出しているようだ。

アイリーンはその音に耳を澄《す》まし、表情を引き締《し》めて立ち上がった。

「来たわね」

「どうする？」

ヴィルは起き上がって聞いてきた。

「状況証拠《しょうこ》だけでは弱いかもしれない。家来が勝手にしたことで、自分は何も知らなかった――なんて言われたら厄介《やっかい》だし、決定的な現場を押さえさせたいわ。怒《おこ》らせて二・三発殴《なぐ》らせようと思っているのだけど」

「却下」

少し怒ったような低い声でヴィルは言った。

「ランディおじさんがお嬢を跡継《あとつ》ぎに推《お》さないのは、そういうのが原因だろうな」

「どういうこと？」

「あんたはもっと自分の体を大事にしないといけないってことだよ」

ヴィルは言いながら立ち上がると、アイリーンを寝台に押《お》し倒《たお》した。

その直後、荒《あら》い足音が聞こえて部屋の戸がけたたましい音と共に開かれる。

入ってきたのは血相を変えたスタン・レイだった。

「どうかしたか？　スタン。今、生意気言ったお嬢さんに罰《ばつ》を与えてる途中だったんだけどな」

軽く笑うヴィルを追い詰められた目で見つめ、スタン・レイは言った。

「まずいことになった」

「まずいことって？」

「王女が……ロザリー・クインが……領地の視察に来た」

ヴィルは怪訝《けげん》な表情になる。それが演技であることを、アイリーンはもちろん知っていた。

ロザリー・クイン王女がこのカルガロ公爵《こうしやく》領に視察へやって来ることは、アイリーンがランディゲイルの店へ届けさせた手紙で指示したことだ。日時もはっきりと指定し、この場所も伝えてある。

「あいつ……何か嗅《か》ぎ付けたのかもしれない。とにかくここのことは絶対に知られないようにしないと……」

スタン・レイがそう言った時、どかどかと廊下《ろうか》を駆ける音がして、使用人が飛びこんできた。

「若君！　大変です！　王女殿下《でんか》がここへ向かっています！　何十人もの近衛《このえ》兵を連れて、すぐにでもここへ来てしまいます！」

屋敷の中はにわかに騒然《そうぜん》となった。

慌《あわ》てふためいた使用人達が部屋の前に集まり、しかし何の対処も出来ない雇い主《ぬし》を目《ま》の当たりにして我先にと屋敷から逃《に》げ出す。

その喧騒《けんそう》が過ぎ去って、残ったのは僅《わず》かな者達だけだった。

「ふふふ……はははははっ」

部屋の中で愕然《がくぜん》と佇んでいたスタン・レイが突然笑い出した。狂気《きょうき》を孕《はら》んだ笑い声が部屋中に響《ひび》く。

「何だこれは……何が起こってるんだ……この僕が……領主となるべきこのスタン・レイ・エリントンが……どうしてこんな目に遭《あ》わないといけないんだ……」

据《す》わった目で彼はぶつぶつとつぶやいた。

「僕が何をしたというんだ……誰にも責められる筋合いなどないはずだ……」

正気を失ったようにふらふらと歩き、スタン・レイは未《いま》だ逃げず入り口付近に控《ひか》えていた番兵の肩をつかんだ。

「屋敷に火をつけろ」

そんなことを言い出す。

「女達を焼き殺すんだ。証拠がなければ誰も僕を責められない」

完全に理性を失った目で彼は命じた。

それを聞き、アイリーンは笑い出した。ヴィルを押しのけ、スタン・レイに近付く。

「お前は馬鹿《ばか》ね。今更《いまさら》何をしたって無駄《むだ》よ。お前の従妹《いとこ》であるロザリー・クイン王女殿下は、私と仲良しなの。あの人はきっと、私を心配して捜《さが》しにきたんだわ」

スタン・レイはぎょろりとした目でアイリーンを睨《にら》んだ。

「お前のせいなのか……」

抑揚《よくよう》のない声でつぶやき、アイリーンの手首をきつくつかむ。

「……来い」

スタン・レイはアイリーンを連れて部屋を出ようとした。その時視界の端にヴィルが無表情で動きだす姿を認め、アイリーンは小さく首を振《ふ》ってその行動を制止する。

スタン・レイはアイリーンを引きずって屋敷から出ると、雑木林の中を目茶苦茶に歩いた。

「どこへ行こうと無駄よ。お前の逃げ場なんてどこにもないわ。罰が下ると言ったでしょう?」

アイリーンは手を引かれながら挑発《ちょうはつ》するように言った。

この男がアイリーンに暴行を加えている場面に王女一行が追いつけば、もう誤魔化《ごまか》しは利《き》かない。

スタン・レイが立ち止まって振り返ると、アイリーンはぞっとするような笑みを浮かべた。

「人間に罰を与えるのはいつだって人間よ」

その言葉を聞いたスタン・レイは理性を失った目でアイリーンに見入り、わなわなと震《ふる》えだした。

「お前らなどに罰を与えられるくらいなら……」

そう言って、懐《ふところ》から短剣《たんけん》を取り出す。

「お前を道連れにして死んでやる……」

アイリーンは眉《まゆ》をひそめた。いくら証拠のためでも、刺《さ》し殺されるわけにはいかない。殴られるのと刺されるのではわけが違《ちが》う。返り討《う》ちにして亡骸《なきがら》を土に埋《う》めて終わりに出来たらどれだけ楽かと思うが、そうもいくまい。

スタン・レイの振りかぶった短剣を見上げ、アイリーンは決断した。

腕一本切られるくらいで済むならよしとしよう。

簡単に避《さ》けられそうなとろくさい刃《やいば》から体を庇《かば》うように、腕をかざす。

しかしその刃が腕を切り裂《さ》く寸前、空を飛んできた鉄塊がスタン・レイの側頭部を直撃《ちょくげき》した。スタン・レイは体をぐらつかせて短剣を取り落とす。

飛んできたのは拳銃《けんじゅう》だった。見覚えのあるその拳銃は、ヴィルがアイリーンから取り上げたものである。二人の後を追ってきたヴィルが、木々の間から歩いて来た。

「悪いな、スタン。やっぱり俺、お前の友達じゃなかったわ。お嬢さんに怪我《けが》させたお前を、俺は許すつもりないからな。死ぬなら一人で死ね」

酷薄《こくはく》に切り捨てられ、スタン・レイは恐慌《きょうこう》状態に陥《おちい》った。地面に落ちた銃を拾い上げると、アイリーンを羽《は》交《が》い締《じ》めにして銃口《じゅうこう》をこめかみにつきつける。

「この女を殺すぞ！」

するとヴィルは可笑しそうにくっと笑い、

「お好きに」

と答えた。そしてすたすたと遠慮《えんりょ》なく近付いてくる。

「来るな！　来るなよ！」

いくらわめいてもヴィルの歩みは止まらない。スタン・レイはとうとう耐《た》えきれずに引き金を引いた。

ガチンと撃鉄《げきてつ》が下り――しかし銃弾《じゅうだん》が発射されることはなかった。

何が起こっているのか分からず混乱しているスタン・レイに歩み寄ると、ヴィルは彼の腕からアイリーンを引き離《はな》し、彼の後頭部をつかんですぐ傍《そば》の木にその顔面を叩《たた》きつけた。酷《ひど》い音がして、スタン・レイは地面に崩れ落ちる。

「どうして……」

アイリーンはその光景を見て思わずつぶやいていた。ヴィルは呆然《ぼうぜん》と佇んでいるアイリーンに向き直る。

「どうしてあんたの邪魔《じゃま》をしたか？　決まってるだろう。俺が怒っているからだ。あんたは自分の体を道具としか思ってないのかもしれないが、粗末《そまつ》にしてるところを見ると腹が立つ。決定的な証拠なんぞ知ったことか。これ以上あんたに怪我をさせるくらいなら、こいつを葬《ほうむ》った方がましだ」

彼は意識を失っているスタン・レイを冷たく見下ろす。

「屋敷には王女様の一行が到着したし、さらわれた女の子達も無事に救出された。あんたは少しくらい自分のことを……」

「どうしてもっと早く助けに来てくれなかったの……」

囁《ささや》くようなアイリーンの声を聞いて、ヴィルはぽかんとした。

当然の反応だ。ヴィルに邪魔をしないよう指示したのは自分だし、スタン・レイを挑発して追《お》い詰めたのも自分だ。それなのに早く助けに来いというのは筋が違う。

それなのに、アイリーンの口は意思と反して勝手に動いた。

「遅いのよ……何でもっと早く……」

自分の言葉が耳から入り、アイリーンはようやく自分の気持ちを自覚する。

そうだ……アイリーンは誰かに助けてほしかったのだ。

今までアイリーンを助けてくれた人はいなかった。

助けを求めなくとも、アイリーンは一人で全《すべ》てを解決出来たから……

だから誰もアイリーンを助けようとしなかった。

ヴィルだけだ……夜会の時も、今も、心の底では助けを必要としていた時に、ヴィルだけがアイリーンを助けた。

自分の感情をさらけ出せないアイリーンに、卑怯《ひきょう》で腹黒《はらぐろ》くて弱くて怠《なま》け者で、図《ず》抜《ぬ》けて聡《さと》いこの男だけが気付いた。

「もっと早く来てくれたらよかったのに……」

今じゃなくて、夜会の時でもなくて、もっとずっと前に……十年前、幼かったアイリーンが落とし穴に落とされたあの時……降り続く冷たい雪を見上げて助けを求めることを諦《あきら》めてしまったあの時に……助けに来てほしかった。

そうしたら自分はもっと早く、この男を抱き締《だし》めることが出来ただろう。

「ごめん」

と、ヴィルは言った。何も説明していないのに……アイリーンはわけのわからないことを言っているのに……それでもヴィルは言った。

「遅くなってごめんな」

彼はこちらへ手を伸ばし、アイリーンを強く抱き締めた。思わず力が抜《ぬ》けて頽《くずお》れそうになる。ヴィルはそんなアイリーンを両腕でしっかりと支えていた。

今まで不安定に漂《ただよ》って形を持たなかった感情が、ようやく一つの形を作って胸の中に納まるのを感じる。

アイリーンはこの男が好きだ。

それを認めてしまうと、安心するような気持ちが胸の中に満ちた。

「……私は変わらないわ」

アイリーンはヴィルの腕の中で囁くように言った。

「これからも私は危険な所へ出ていくし、必要なら身を傷付けることだってする。私は私を守らない」

決意を込めて言いながら、ヴィルの服をぎゅっとつかむ。

「だから、お前が私を守りなさい。——私の命をお前に預けるわ」

耳元で彼が一瞬息を呑《の》む気配がした。

「……分かった。人生の全部を使って俺はあんたを守るよ」

彼がそう言った時、雑木林の向こうからレティナとランディゲイルがアイリーンを捜す声が聞こえてきた。

ヴィルはアイリーンの耳元で小さくため息をつく。

「……あの二人に八《や》つ裂《ざ》きにされずにすんだらね」

終章

視察の名目でカルガロ公爵《こうしゃく》領を訪れた王女により、さらわれた女性達は無事救出された。しかしそれが公爵の息子による誘拐《ゆうかい》であったことは固く伏《ふ》せられ、スタン・レイは心の病《やまい》になったと診断《しんだん》されて僻地《へきち》へ幽閉《ゆうへい》されることとなった。

直系でなければ跡継《あとつ》ぎの候補はいくらでもいるらしく、領地に主立った変化はない。

アイリーンは事件の終息を見届けてラグランド家の領地へ戻《もど》った。

その数日後、アイリーンとヴィルはラグランド伯爵《はくしゃく》の執務《しつむ》室へ呼び出された。

祖父のラグランド伯爵は机に座り、真剣《しんけん》な顔をしている。

「ランディゲイルから、どうしてもお前を跡継ぎにするつもりなら、自分が跡継ぎ教育を買って出るという旨《むね》の書状が届いた」

それはつまり、教育次第《しだい》でアイリーンが跡継ぎに相応《ふさわ》しい人材に成長すると彼が思っている――ということだ。

「あの男が教育係になれば、お前が跡を継ぐことに皆賛同するだろう。お前の気持ちはどうだ？」

「そうですね……跡を継いでもいいという気持ちにはなってきています」

「そうか、ならば今後はお前の将来についても色々と考えなくてはならないわけだが……。具体的に言うと、婿《むこ》取《と》りのことを考えなくてはならないわけだが……」

ごほんと咳払《せきばら》いするラグランド伯爵に、アイリーンはあっさりと言った。

「でしたら、これでいいです」

と、横に立っていたヴィルを指す。突然のことに祖父はぽかんとし、これ呼ばわりされたヴィルはきょとんとする。

「これを夫にします」

「む……いや……いいのか？」

ラグランド伯爵は面食らった様子で二人を交互《こうご》に見た。

「そうですね、私は男が好きではなく、体に触《ふ》れられると寒気がするほどですが、この男に触れられることは嫌ではないので……。はっきり言うと、この男の子供なら産めると思うので……」

「……お前、本当にはっきり言ったな」

「そういうわけですから、私はこの男を夫にします」

淡々《たんたん》と報告し、アイリーンはヴィルを連れて執務室を後にした。

廊下《ろうか》を歩きながら仕事部屋へ向かう。

そこでふと思い出し、アイリーンはすぐ後ろを歩いていたヴィルに声をかけた。

「レティナと仲直りをした？」

ヴィルをスタン・レイの共犯者だと疑っていたレティナとランディゲイルは、アイリーンが戻った後、ヴィルを抹殺《まっさつ》しかねない勢いで怒《いか》り狂《くる》っていたのだ。

ランディゲイルの誤解は話せばすぐに解けたのだが、レティナは未《いま》だ頑《かたく》なにヴィルを警戒《けいかい》している。

「いや、まだだな。あんまり敵視されるのも悲しいから、俺と彼女で『アイリーンお嬢様《じょうさま》大好き同盟』を結ばないか提案しようと思ってる」

この上なく真面目《まじめ》な顔で、ヴィルは頭の悪そうな発言をした。

「……好きにしなさい」

アイリーンはすたすたと歩調を緩《ゆる》めることなく歩いてゆく。

すると今度はヴィルの方から話しかけてきた。

「お嬢、一つ確認させてくれ」

アイリーンは立ち止まって振《ふ》り返る。

「あんた、結局俺のことが好きなのか？」

「好きよ」

即答《そくとう》するアイリーンの目の前で、ヴィルは気まずそうに目を逸《そ》らす。

「……俺はあんたを好きになることを許してほしいとずっと思ってきたけど、あんたが俺を好きかどうかには、今まであまり興味がなかったな。むしろゴキブリを見るような目で俺を見るところもイイと思ってた。だから正直反応に困っている」

アイリーンは呆《あき》れた。この男はどこまで自己中心的に生きているのだろうか。

「そもそも俺の勘《かん》は、あんたは俺を嫌《きら》ってると言ってるんだが」

「そうね、嫌いだと思うところはたくさんあるわ。でも――好きだと思えないところは一つもないわ」

アイリーンは真実から言った。ヴィルは軽く首を傾《かたむ》ける。

「というと？」

「馬鹿なところも、踏《ふ》みつけたくなるようなところも好きだわ」

その答えを聞き、彼はあんぐりと口を開けると前屈《まえかが》みになって深く息を吐《は》いた。

「お嬢……俺は今、あんたが嫌がることをやり倒して目茶苦茶にしてやりたい――という衝動《しょうどう》を抑《おさ》えられない」

「抑えなさいよ。でなければ指一本触れさせないから」

アイリーンは危機感を覚えて断言した。ヴィルはがっかりしたような顔でアイリーンを見つめ、すぐに企《たくら》むような笑みを浮《う》かべる。

「まあ、焦《あせ》ることはないか。少しずつ慣らしていくという楽しみがあるものな。触《さわ》っても大丈夫《だいじょうぶ》なところから攻略《こうりゃく》していけば、頑なお嬢でもいずれ俺の言いなりに……」

アイリーンはそれを聞いて、反射的に彼の脇腹《わきばら》へ強烈《きょうれつ》な回し蹴《げ》りをかましていた。ぐふっと呻《うめ》いてヴィルは廊下にしゃがみ込んだ。

「下品な男は嫌いだわ」

アイリーンは冷ややかに言い捨てる。ヴィルはしばらく腹を押さえてうつむいていたが、ふと顔を上げてこちらを見上げてきた。

「アイリーン」

「何？」

目をつり上げて聞き返したアイリーンに、ヴィルは無邪気《むじゃき》な笑みを浮かべて言った。

「好きだよ」

「知ってる」

アイリーンは当たり前のように答える。ヴィルはそれを聞いて嬉《うれ》しそうに笑った。

「うん、ありがとうな。俺と出会ってくれて」

虚《きょ》を衝《つ》かれてアイリーンは一瞬《いっしゅん》固まる。ややあって解凍《かいとう》すると、怒ったような顔でふるふると震《ふる》えた。

「お前は……」

そうつぶやくとアイリーンは手を伸ばし、廊下に座りこんでいるヴィルの頭を両手でぐしゃぐしゃに撫でまわした。突然そういう素直なことを言うのは反則だ。愛《いと》しい――なんて思ってしまったではないか。

「お前みたいな男を受け入れられる女は私以外にいないわ。間違《まちが》っても他の純粋《じゅんすい》な女の子達を毒牙《どくが》にかけないよう、ずっと私の傍《そば》にいなさい」

「了解、お嬢様」

素直に答えてヴィルは立ち上がった。

「じゃあ、今日の仕事にかかるわよ」

アイリーンは前を向き、凛《りん》と背筋を伸ばして仕事部屋へと歩き出した。

あとがき

初めまして、もしかしたらこんにちは。宮野美嘉《みやのみか》と申します。

今年はお花見が出来なくて、ちょっとがっかりな広島県民でございます。

前作からかなーり時間が空いてしまいましたが、憶《おぼ》えて下さっている方ははたしているでしょうか？　お前なんか知らねーよというそこのあなた！　本作を手に取って下さって感謝感謝です。

小さい頃、「俺と一緒に遊ばないと酷《ひど》い目にあわす！」と脅《おど》してくる男子に怯《おび》え暮らし……毎日「わっ！」と大きな声を出して驚かせてくる男子から逃げ暮らし……その結果、数年後には掃除をさぼる男子の首根っこを捕《つか》まえて掃除場所まで引きずっていく、クラスで一番ちっこい掃除番長になる——という可愛《かわい》げ０％の成長を遂《と》げた作者がお届けいたします『荊姫と嘘吐きな求愛』。少しでも楽しんで頂けたら幸いです。

目指したところは「水戸黄門」！　こらしめてやりなさい！

主人公のアイリーンお嬢様《じょうさま》——今まで書いた主人公の中では、一番真面目《まじめ》で一番良識があって一番心優しい正統派主人公であると思っておりますが、初対面の男を踏みつけるというのは女の子としてどうなんでしょうね？　しかし武闘派女子は好みのドストライクでございます。

そして相手役のヴィルも人として色々どうなんでしょうね？　発想が一々斜《なな》めすぎます。彼の活躍を読んで下さったお嬢様方、実際にこんな男がいたら迷うことなく全力で逃げて下さいませ。

ヴィルを足蹴《あしげ》にするアイリーンと、裏の顔を見せる時の腹黒ヴィルが、書いていてとっても楽しうございました。

個人的には脇役《わきやく》のドードニオが可愛くて気の毒で仕方がないのですが……彼の人生もそれなりに報《むく》われてほしいものです。

女子として難ありなアイリーンと、人として難ありなヴィルのドタバタを、どうか皆様《みなさま》生温かい目で見てやって下さい。相も変わらず作者の愛は溢《あふ》れんばかりに注がれているのです。本当なら登場人物には全員幸せになってほしいんですけどね。

今回不思議だったのですが、何故《なぜ》か執筆速度が今までの倍になるというナゾの現象が起こりました。……うーむ……書きやすい登場人物だったからなのか……忙《いそが》しすぎて火事場の馬鹿《ばか》力的なものが発動したのか……ナゾです。

ちなみにアイリーンという名前は薔薇《ばら》の品種名からいただきました。綺麗《きれい》で可愛い薔薇ですよ。彼女が趣味にしている薔薇の品種改良、私はやったことがありませんが、普通に植物を育てるのは好きです。最近ようやく胡蝶蘭《こちょうらん》に蕾《つぼみ》をつけるのに成功しました！　胡蝶蘭に初めて手を出してから早十五年……一度も花を咲かせたことがなかったのに、とうとう私はやりました！　だけど、魔法《まほう》の瞬間を一番強く感じるのは蕾が開花する時より、今までずーっと変化のなかった個体から突然すごい勢いで花芽が出てくる時でしょうか。「こいつスイッチ入った！」が私の感じる魔法です。

趣味繋《つな》がりで言うと、最近私の中でアクアリウム熱が再燃しておりまして、小型水槽をいくつも設置しては色々な生き物を飼っているのですよ。

エビとかカニとかフグとか熱帯魚とか、色々ですね～。中でも大きく育ったホワイトザリガニは、妹から「怖《こわ》いエビ」などと言われて恐《おそ》れられております。怖くないわ！　可愛いわ！　確かにこないだハサミで指をおもっきし挟《はさ》まれて皮が剝《む》けたけれども！　単に食欲旺盛なだけよ!!

そしてこの度《たび》は、今まで何度もコケコケにして失敗した水草水槽に再チャレンジ！今度はちゃんと勉強して、完全武装での出陣です。

20㎝キューブ水槽に対して８００㎖容量の外部式濾過器《ろか》と高機能濾材を組み合わせて水ピカピカ！　30Ｗのスパイラル蛍光管でライトアップ！　小型ボンベで二酸化炭素をブクブク強制添加！　パネルヒーターで寒い日もぽかぽか！　肥料系ソイルで栄養バッチリ！　と、ハイスペックな装備にしたところ……水草がびっくりするくらい育って、コケもほとんど出ないじゃあーりませんか！　初心者こそ設備を整えないと失敗するというのは本当でした。水に揺らめくロタラやパールグラス。それに絨毯《じゅうたん》みたいなリシアが酸素の気泡をつけてキラキラと輝いているのが素敵《すてき》です。間を泳ぐネオンテトラがなんて綺麗……癒《いや》される……。人生に癒しは必要ですよね！

おや？　趣味について熱く語り過ぎですか？　引かないで……！

最後にお礼を申し上げます。愛すべき家族のみんな！　編集部はじめこの作品に関《かか》わって下さった皆様！　頼もしき担当様！　超美麗イラストを描いて下さった結賀《ゆいが》さとる先生！　そして何より、この物語を読んで下さった皆様！　本当にありがとうございます。この物語の登場人物達は、みんな私の可愛い子供達です。元気にすくすく育ちましたので、どうか可愛がってやって下さいませ。

宮野美嘉

♡本書のご感想をお寄せください♡

〒101－8001　東京都千代田区一ツ橋二－三－一
小学館ルルル文庫編集部　気付
宮野美嘉先生
結賀さとる先生

小学館ルルル文庫

荊姫と嘘吐きな求愛

2014年 5月28日　初版第1刷発行

著者　宮野美嘉

発行人　丸澤 滋

責任編集　大枝倫子

発行所　株式会社小学館
〒101－8001　東京都千代田区一ツ橋2-3-1
編集　03(3230)5455　販売　03(5281)3556

印刷所
製本所　凸版印刷株式会社

ISBN978-4-09-452280-8

「お師様、私はお師様を独占したいようなのです。」
神のみならず鬼をも堕とす「天才歌姫」が
女泣かせな俺様「神霊楽師」の餌食に…!?

天賦の歌声に恵まれたリィアは、幼い頃に優しくしてくれた「近所のお兄さん」オビトを頼って王都に出る。彼は第一級の神霊楽師になっていたが、組む歌い手を次々捨てる女泣かせの男としても悪名高かった。リィアもさっそく「俺の歌姫になれ」と強要されてしまう。そんな中、幼い王女が鬼に取り憑かれて病に臥せてしまう。オビトは鬼を祓うための歌を作り、リィアに歌わせようとするが…!?

ルルル文庫
大好評発売中!!

鬼《おに》愛《め》づる歌姫

宮野美嘉 Mika Miyano　　イラスト＊増田メグミ